Die drei !!!

Maja von Vogel & Henriette Wich

Die drei !!!

Total verknallt!

KOSMOS bei CARLSEN

Außerdem in der Reihe Die drei !!! im Carlsen Verlag lieferbar:

Die drei !!! – Achtung, Spionage!
Die drei !!! – Die Maske der Königin
Die drei !!! – Filmstar in Gefahr
Die drei !!! – Gefahr im Fitness-Studio
Die drei !!! – Gefahr im Reitstall
Die drei !!! – Geheimnis der alten Villa
Die drei !!! – Geheimnis im Schnee
Die drei !!! – Im Bann des Flamenco
Die drei !!! – Im Bann des Tarots
Die drei !!! – Jagd im Untergrund
Die drei !!! – Kuss-Alarm
Die drei !!! – Nixensommer
Die drei !!! – Skandal auf dem Laufsteg
Die drei !!! – Skandal im Café Lomo!
Die drei !!! – Tatort Geisterhaus / Skaterfieber
Die drei !!! – Tatort Paris
Die drei !!! – Unter Verdacht
Die drei !!! – Vorsicht, Strandhaie!

Veröffentlicht im Carlsen Verlag
Januar 2020
Mit freundlicher Genehmigung des Franckh-Kosmos Verlages

www.kosmos.de
Umschlagbild: Anike Hage
Umschlaggestaltung: formlabor
Corporate Design Taschenbuch: bell étage
ISBN 978-3-551-31849-7

Die drei !!!

Total verknallt!

Kein Tag für Marie

Eigentlich war heute alles perfekt: Marie hatte für das Clubtreffen mit Kim und Franzi ihr neues lilafarbenes Kaschmir-Minikleid angezogen, dazu passende blickdichte Strümpfe und hochhackige Stiefel aus Wildleder. Mund und Augen hatte sie mit zarten Fliedertönen geschminkt und das Rouge so aufgetragen, dass es aussah, als käme sie gerade vom Après-Ski auf einer angesagten Skihütte in der Schweiz. Trotzdem streckte Marie ihrem Spiegelbild in der Glasscheibe des *Café Lomo* die Zunge heraus, denn eigentlich war heute überhaupt nichts perfekt. Als sich auch noch ein verliebtes Pärchen an ihr vorbeidrängte und knutschend im Café verschwand, war ihre Laune endgültig im Keller. Jetzt konnten sie nur noch zwei Menschen auf der Welt retten: Kim und Franzi!

Marie seufzte, holte tief Luft und betrat das *Café Lomo*. Sie musste nicht lange suchen. Ihre besten Freundinnen saßen wie immer in der gemütlichen Sofaecke im hinteren Teil des Cafés. Dort trafen sich die drei !!! oft, wenn sie ungestört über einen neuen Fall sprechen oder Neuigkeiten austauschen wollten, die ihren Detektivclub betrafen. Manchmal kamen sie aber auch einfach nur her, um abzuhängen, so wie heute.

»Da bist du ja endlich!«, rief Franzi.

Kim winkte Marie ungeduldig an ihren Tisch, auf dem bereits zwei dampfende Becher *Kakao Spezial* mit Vanille-Aroma standen, das absolute Lieblingsgetränk der drei !!!. »Musst

du eigentlich fast jedes Mal zu spät kommen?«, fragte sie mit einem vorwurfvollen Unterton in der Stimme.
»Tolle Begrüßung!«, zischte Marie und ließ sich in einen Sessel fallen. »Wie wär's stattdessen mit: ›Schön, dich zu sehen, Marie! Wir haben dich vermisst. Toll siehst du wieder aus!‹«
Franzi verdrehte genervt die Augen. »*Toll* siehst du wieder aus, Marie, und vermutlich ist genau das der Grund, warum du zu spät bist. Hab ich recht?«
»Kann sein …«, sagte Marie nur. Sie hatte heute keine Lust auf einen Streit mit ihren Freundinnen. Außerdem brauchte sie jetzt dringend auch einen *Kakao Spezial*. Marie winkte der Bedienung, einer jungen Studentin, und bestellte sich zum Kakao noch einen Blaubeer-Muffin.
»Gute Idee«, sagte Kim sofort. »Für mich bitte einen Schoko-Muffin.« Eigentlich hatte sie sich die Kalorienbombe heute verkneifen wollen, da sie zu Hause schon zwei Riegel Nussschokolade verdrückt hatte, aber sie brauchte Süßigkeiten einfach als Nervennahrung – Hüftpölsterchen hin oder her.
Die Bedienung brachte Maries Getränk und die beiden Muffins und legte ein paar rote Servietten mit aufgedruckten Herzen dazu. »Guten Appetit!«, sagte sie lächelnd und verschwand wieder.
Marie nahm ihren Becher in die Hände und starrte trübsinnig auf den Milchschaum. Merkten Kim und Franzi eigentlich gar nicht, wie schlecht sie drauf war? Kim war doch sonst immer so sensibel, aber heute schien sie mit ihren Gedanken ganz weit weg zu sein. Franzi dachte offensichtlich

auch nicht daran, nachzufragen. Sie spielte mit ihrer Serviette und betrachtete kopfschüttelnd die Tischdekoration. Heute standen auf jedem Tisch des Cafés drei rote Kerzen und auf den Tischplatten war Konfetti in Herzform verstreut.

»Die fangen aber auch jedes Jahr früher an mit dem Valentinstag«, stöhnte Franzi. »Es ist doch erst Anfang Februar.«

»Erst? Schon!«, sagte Kim leicht panisch, strahlte aber gleichzeitig und wurde rot. »Ich muss noch so viel organisieren und vorbereiten. Hoffentlich schaffe ich alles rechtzeitig. Aber ich liebe diesen Stress – ich finde ja den Valentinstag fast noch schöner als Weihnachten!«

Franzi verzog das Gesicht. »Ich nicht. Ehrlich gesagt geht mir der ganze Romantikkram ziemlich auf den Geist. Zum Glück bleibt mir das dieses Jahr erspart! Benni und ich wollen stattdessen eine ausgiebige Skatertour durch die Stadt machen.«

Kim runzelte die Stirn, lachte dann aber. »Das passt zu dir. Läuft zurzeit gut mit Benni und dir, oder?«

Franzi nickte glücklich. Erst war sie nur mit Benni geskatet, danach war sie eine Zeit lang mit ihm zusammen gewesen, dann hatte sie sich von ihm getrennt, und nun waren sie wieder einfach nur Skaterfreunde. Seit Franzi wieder Single war und die ganzen verwirrenden Gefühle nicht mehr andauernd dazwischenfunkten, ging es ihr besser denn je.

»Und, was habt ihr vor, du und Michi?«, fragte Franzi, weil sie merkte, dass Kim vor Mitteilungsbedürfnis fast platzte.

Kim lehnte sich auf dem Sofa zurück und bekam einen verträumten Gesichtsausdruck. »Ich will Michi überraschen.

Unser Einjähriges muss was ganz Besonders werden. Wahrscheinlich lade ich Michi zu mir nach Hause ein, stelle überall in meinem Zimmer Teelichter auf und verteile Sitzkissen auf dem Boden. Und dann verwöhne ich Michi mit selbst gebackenem Schokoladenkuchen – in Herzform natürlich!« Plötzlich stöhnte sie und fuhr sich durch die kurzen braunen Haare. »Mist! Das geht ja nicht.«
»Warum nicht?«, fragte Franzi verwundert. »Hast du Angst, dass der Kuchen nichts wird?«
Kim schüttelte den Kopf. »Nein! Ich hab Angst, dass Ben und Lukas plötzlich reinplatzen. Ihr kennt doch meine Zwillingsbrüder, die zerstören jede Romantik. Ich muss einen anderen Ort für unser Valentins-Date finden.« Kim runzelte nachdenklich die Stirn. »Im Jakobipark wäre es romantisch oder am Badesee, aber da ist es im Februar bestimmt saukalt ...«
»Wie wär's mit dem Pferdeschuppen?«, schlug Franzi vor.
Kim sah sie überrascht an. »Darauf wäre ich jetzt nicht gekommen, aber du hast recht! Ich könnte den alten Bollerofen anwerfen, dann hätten wir es total gemütlich. Franzi, du bist genial!«
»Moment mal!« Marie stellte ihren Becher abrupt auf dem Couchtisch ab. »Da hab ich ja wohl auch noch ein Wörtchen mitzureden. Ich dachte, unser Hauptquartier ist Sperrzone, da dürfen nur die drei !!! rein und sonst niemand.«
Sofort hörte Kim auf zu strahlen. Franzi warf Marie einen verärgerten Blick zu. »Jetzt übertreib mal nicht! Michi würde nie in unserem Bürocontainer herumstöbern, er hat längst kapiert, dass wir unsere Clubgeheimnisse haben.«

»Stimmt«, gab Marie zu. Trotzdem war sie alles andere als begeistert von der Idee. Aber Kim und Franzi hatten sie sowieso schon überstimmt, also sagte sie schließlich: »Na gut, wenn's unbedingt sein muss.«
»Sag mal, was ist heute eigentlich los mit dir?«, fragte Franzi. »Hast du was gegen uns oder warum stänkerst du die ganze Zeit rum?«
Marie legte den Muffin weg, den sie ohnehin kaum angerührt hatte, biss sich auf die Lippen und schwieg.
Da legte Kim ihr die Hand auf den Arm. »Hey, dir geht's nicht gut, oder? Was ist denn passiert?«
»Heute ist echt nicht mein Tag!«, sagte Marie, und dann ließ sie endlich den ganzen Ärger raus, den sie bis jetzt hinuntergeschluckt hatte. »Dabei wollte ich es mir extra schön machen. Nach dem Mittagessen hab ich meine neue Yoga-Meditations-CD eingelegt, mich im Lotus-Sitz auf meine Decke gesetzt und die Augen geschlossen. Gerade als ich mich auf die Reise zu meinem inneren Ich gemacht hab, geht dieser Krach unten los. Mörderisch! Die neuen Nachbarn nehmen überhaupt keine Rücksicht, nicht mal in der Mittagszeit! Können die nicht leise umziehen, wie zivilisierte Menschen?«
Kim und Franzi tauschten einen amüsierten Blick und prusteten gleichzeitig los.
»Was gibt's denn da zu lachen?«, fragte Marie wütend.
»Entschuldige«, sagte Kim, »aber übertreibst du nicht ein bisschen? Umzug macht nun mal Lärm, da können deine neuen Nachbarn doch nichts dafür.«
Franzi nickte. »Sei nicht so spießig! Du drehst doch auch ab und zu eure Anlage auf, oder?«

»Das ist ja wohl ganz was anderes!« Marie verschränkte beleidigt die Arme vor der Brust.
Kim schaffte es gerade noch, sich ein Lachen zu verkneifen. Dann sah sie Marie genauer an und fragte leise: »Könnte es sein, dass noch was anderes dahintersteckt? Du hast dich doch nicht nur über die Nachbarn aufgeregt, oder?«
»Ist was mit Holger?«, hakte Franzi nach.
Ein brennender Schmerz fuhr durch Maries Herz. Franzi hatte ins Schwarze getroffen. Jetzt brach der ganze Kummer aus Marie heraus. »Wir sehen uns so selten. Warum muss er nur in Billershausen wohnen, 25 Kilometer weit weg? Ich hasse diese Fernbeziehung! Und wenn wir uns nach einer halben Ewigkeit mal wieder treffen, muss ich mich erst an ihn gewöhnen. Jedes Mal dauert es länger. Manchmal erschrecke ich über mich selbst, weil … weil … Holger ist mir richtig fremd geworden.« Die letzten Worte hatte sie nur noch geflüstert, da liefen ihr auch schon die Tränen über die Wangen. Schniefend kramte Marie in ihrer Handtasche nach einem Taschentuch und schnäuzte sich ausgiebig.
»Jetzt versteh ich«, sagte Kim mitfühlend. »Deshalb hast du die ganze Zeit geschwiegen, als wir über den Valentinstag geredet haben. Ich hab mich schon gewundert.«
»Du Arme!«, sagte Franzi. »Was machst du denn jetzt am 14. Februar?«
Marie schluchzte. »Na, was wohl? Ich lasse den Valentinstag ausfallen. Das hat doch alles keinen Sinn mehr. Am besten trenne ich mich schon vorher von Holger.«
»Was?«, riefen Kim und Franzi wie aus einem Mund und sahen Marie bestürzt an.

»Tu das nicht!«, sagte Kim. »Du warst doch immer so glücklich mit Holger. Weißt du noch, wie du dich kaum von ihm trennen konntest, als du ins Modelhaus gegangen bist?«
Marie nahm ein zweites Taschentuch aus der Packung. »Natürlich weiß ich das noch. Aber die Zeiten sind vorbei – endgültig!«
»Sag so was nicht«, murmelte Franzi. »Denk lieber noch mal in Ruhe über alles nach.«
Kim nickte. Dann sagte sie eindringlich: »Gib Holger nicht so einfach auf. Rede mit ihm über deine Probleme. Vielleicht geht es ihm ja ähnlich wie dir, und ihr findet gemeinsam eine Lösung.«
Marie sah Kim und Franzi hinter einem Schleier von Tränen an. Jetzt wusste sie wieder, warum die beiden ihre besten Freundinnen waren. Niemand verstand sie so gut und niemand konnte sie so gut trösten. »Danke! Ihr seid lieb«, sagte sie tapfer. »Aber lasst uns besser von was anderem reden. Ist vielleicht irgendein neuer Fall in Sicht?«
Kim seufzte. »Nicht dass ich wüsste.«
»Ich hab leider auch keine Neuigkeiten«, sagte Franzi. »Langsam bekomme ich schon Entzugserscheinungen. Unser letzter Fall ist eine halbe Ewigkeit her.«
Marie nickte und stopfte ihre Taschentücher zurück in die Handtasche. »Wir müssen aufpassen, dass wir nicht aus der Übung kommen!«
Im Grunde machte sich Marie jedoch keine Sorgen. Die drei !!! hatten seit der Gründung ihres Detektivclubs schon mehr als ein Dutzend Fälle gelöst, einen davon sogar im Ausland. Mittlerweile waren sie richtige Profis und hatten bei

der Jagd auf Schmuggler, Einbrecher oder Betrüger reichlich Erfahrungen gesammelt. Wenn es brenzlig wurde, konnten sie jederzeit Michi oder Kommissar Peters anrufen, einen Freund von Maries Vater. Die beiden hatten die drei !!! von Anfang an bei ihren Ermittlungen tatkräftig unterstützt.

Plötzlich knuffte Franzi Kim mit dem Ellbogen in die Rippen und zeigte zur Tür. »Sind das nicht Ben und Lukas?«

Ehe Kim antworten konnte, kamen Ben und Lukas auch schon auf sie zu. Breitbeinig bauten sie sich vor ihrer Schwester auf und grinsten frech.

»Hallo, Planschkuh!«, sagte Ben.

»Du hast dir ja schon wieder einen Muffin reingestopft«, stellte Lukas fest.

»Hüftgold, Hüftgold!«, riefen die Zwillinge im Chor.

Kim wurde knallrot. »Haltet sofort den Mund! Was macht ihr überhaupt hier? Ihr solltet doch Mathe lernen, nachdem ihr die letzte Arbeit schon wieder versiebt habt.«

»Das geht dich gar nichts an, fette Planschkuh«, sagte Ben und Lukas streckte ihr die Zunge raus. Dann machten die Zwillinge auf dem Absatz kehrt und düsten ab.

In Augenblicken wie diesen war Marie immer heilfroh, dass sie keine Geschwister hatte. Ihr Vater war nicht nur der allerbeste Fernsehkommissar, sondern auch der allerbeste Vater und las ihr jeden Wunsch von den Augen ab. Nur ihre Mutter vermisste Marie manchmal sehr. Frau Grevenbroich war bei einem tragischen Autounfall ums Leben gekommen. Damals war Marie erst zwei Jahre alt gewesen.

»Jetzt will ich aber wissen, was die hier treiben!«, sagte Kim und riss Marie aus ihren Gedanken.

Ben und Lukas standen mittlerweile vor dem Schwarzen Brett des Cafés und pinnten mehrere rote Zettel daran.
Franzi nickte. »Ich bin auch neugierig. Kommt, lasst uns die Zettel mal genauer ansehen.«
Marie hatte nichts dagegen. Alles, was sie von ihrem Liebeskummer ablenkte, war gut.
Als sich die drei !!! dem Schwarzen Brett näherten, fuhren die Zwillinge herum, streckten Kim noch mal die Zunge heraus und hauten ab. Das war kein gutes Zeichen. Kim hatte das untrügliche Gefühl, dass sie wieder mal etwas ausgefressen hatten. Schnell beugte sie sich vor und las den Text, der auf den roten Zetteln stand:

Exklusiver Valentins-Service

Wir spielen Amor für dich!
Wir organisieren Rosen und Valentinskarten –
preiswert, zuverlässig und absolut diskret!
Standard-Spruch oder persönlicher Text,
mit oder ohne Absender – du entscheidest!
Bestellannahme und Bezahlung jeden Dienstag und Freitag
im Café Lomo.

Happy Valentine!

Franzi pfiff durch die Zähne. »Das sieht ja richtig professionell aus. Hätte ich den Knirpsen gar nicht zugetraut.«
»Ich auch nicht«, sagte Marie. »Vielleicht haben wir deine kleinen Brüder doch unterschätzt?«

Kim lachte. »Glaub ich nicht. Die wollen doch nur angeben und ihre permanente Taschengeldkrise in den Griff kriegen. Wartet erst mal ab, ob die das überhaupt bis zum Schluss durchziehen.«
»Aber die Idee ist nicht schlecht«, sagte Franzi anerkennend. »Ich brauche dieses Jahr zwar keine Rose, aber die Mädels aus meiner Klasse haben bestimmt Bedarf – und unsere Freundinnen aus dem Jugendzentrum sicher auch, oder? Was meinst du, Marie?«
Keine Antwort.
»Erde an Marie!«, rief Franzi. »Ich hab dich was gefragt.«
»Entschuldige«, sagte Marie. »Ich hab gerade nicht zugehört. Seht mal, was ich entdeckt hab!« Sie tippte auf einen Zettel, der neben dem Aushang von Ben und Lukas hing. »Die suchen Statisten für ein Drama. Das Theater kenne ich sogar: Es ist klein, macht aber richtig gute Produktionen. Da muss ich mich unbedingt bewerben!«
»Viel Glück!«, sagte Kim und Franzi drückte jetzt schon mal beide Daumen.
Marie ließ einen lauten Stoßseufzer los. Endlich konnte sie sich wieder ein ganz klein wenig freuen. Der Aushang des Theaters war der erste Lichtblick an diesem abscheulichen, furchtbaren, schrecklichen Tag!

Stress mit dem Nachbarn

Auf dem Heimweg kreisten Maries Gedanken um das Vorsprechen im Theater, das nächsten Mittwoch stattfinden sollte. Wie viele Leute sich wohl bewerben würden? Ob sie eine kurze Szene vorbereiten sollte? Oder lieber frei improvisieren? Und die wichtigste Frage lautete: Was sollte sie anziehen?

Marie zweifelte nicht im Geringsten daran, dass sie eine reelle Chance auf eine Rolle hatte. Sie nahm seit Jahren Schauspiel- und Gesangsunterricht, spielte in der Theater-AG des Jugendzentrums mit und schlüpfte auch während der Ermittlungen des Detektivclubs immer wieder sehr überzeugend in die unterschiedlichsten Rollen. Marie hatte ihr Ziel fest vor Augen: Sie wollte später eine berühmte Sängerin oder Schauspielerin werden – mindestens so berühmt wie ihr Vater, der in der Vorabendserie *Vorstadtwache* den Hauptkommissar Brockmeier spielte.

Als Marie vor ihrem Haus stand und in ihrer Handtasche nach dem Schlüssel suchte, wurde sie jäh aus ihren Gedanken gerissen. Eine Gruppe junger Leute, etwas älter als Marie, vielleicht achtzehn oder neunzehn, überquerte die Straße und steuerte direkt auf sie zu. Sie redeten und lachten so laut, als wären sie allein auf der Welt. Marie wurde zur Seite gedrängt, als einer der Jungs auf dem Türschild nach einem Namen suchte und auf die Klingel drückte.

Marie wäre beinahe der Hausschlüssel aus der Hand gefallen. »He!«, rief sie empört. »Pass doch auf!«

»Sorry.« Der Junge lächelte ihr entschuldigend zu. »War keine Absicht.«
Da ertönte der Summer und die Gruppe verschwand im Treppenhaus. Marie folgte ihnen kopfschüttelnd. Manche Leute waren so was von rücksichtslos! Seufzend stieg sie die Treppe hinauf. Gleich hatte sie ein Telefon-Date mit Holger. Ob das Gespräch wieder so unterkühlt verlaufen würde wie die letzten Male? Morgen, am Sonntag, wollte Holger vorbeikommen. Wenn Marie ganz ehrlich war, musste sie sich eingestehen, dass sie keine große Lust auf das Treffen hatte. Manchmal wusste sie einfach nicht mehr, worüber sie mit Holger reden sollte. Dabei hatten sie sich am Anfang ihrer Beziehung so viel zu sagen gehabt. Was war nur mit ihr und Holger geschehen?
Maries Schritte wurden immer langsamer. Auf dem Treppenabsatz blieb sie kurz stehen. Etwas weiter oben klingelten die jungen Leute gerade an der Wohnungstür der neuen Nachbarn, die heute Mittag so einen Krach veranstaltet hatten. Jetzt drangen statt Umzugslärm laute Musik und Stimmengewirr aus der Wohnung. Klang nach einer Party. Die neuen Gäste wurden mit großem Hallo begrüßt, dann ging die Tür wieder zu.
Marie stieg die letzte Treppe hinauf. Na, das konnte ja heiter werden! Die Wohnung befand sich direkt unter dem Penthaus ihres Vaters, und das Haus war leider ziemlich hellhörig. Musste sie sich jetzt etwa den ganzen Samstagabend diesen Lärm anhören? Ausgerechnet heute, wo sie alleine war und ihr Vater einen Abend-Dreh hatte?
Als Marie die Wohnung betrat, begann ihr Handy zu klin-

geln. Schnell zog sie ihren Mantel aus, warf ihn über die Garderobe und nahm den Anruf entgegen: Es war Holger. Pünktlich wie immer.

»Hallo, mein Schatz«, begrüßte er sie. »Wie geht's dir?«

»Geht so«, murmelte Marie. Sie ging ins Wohnzimmer und ließ sich auf das weiße Ledersofa fallen. Sie konnte die dröhnenden Bässe unter ihren Füßen spüren. Das Wummern der Musik war leider sehr gut zu hören und ging ihr jetzt schon wahnsinnig auf die Nerven. Wie in aller Welt sollte sie so in Ruhe telefonieren?

»Was ist denn los?«, wollte Holger wissen. »Gab's Ärger in der Schule?«

»Nein, in der Schule ist alles in Ordnung.« Marie erzählte kurz von den neuen Nachbarn. »Hoffentlich geben sie wenigstens am Sonntag Ruhe«, seufzte sie schließlich. »Wann kommst du morgen eigentlich?«

»Äh … na ja … weißt du … genau darüber wollte ich mit dir reden.« Holger räusperte sich umständlich.

»Wieso?«, fragte Marie alarmiert.

»Also … die Sache ist die …« Holger zögerte kurz, dann gab er sich einen Ruck. »Ich kann leider nicht kommen.«

»Was?« Marie setzte sich kerzengerade hin. »Und warum nicht, wenn ich fragen darf?«

»Ich muss lernen. Wir schreiben am Montag eine wichtige Matheklausur und ich hänge total hinterher.«

»Hättest du nicht früher anfangen können zu lernen?«, fragte Marie schnippisch. »Die Klausur ist doch bestimmt nicht erst gestern angesetzt worden.«

»Ich hab den Stoff total unterschätzt.« Holger klang zer-

knirscht. Oder tat er nur so? »Tut mir echt leid, dass ich unser Date abblasen muss. Bist du sauer?«
Marie atmete tief durch. Sie wollte nicht, dass ihre Stimme zitterte. »Quatsch. Ist nicht so schlimm, dann mache ich mir eben alleine einen schönen Sonntag.«
Holger seufzte. »Du bist doch sauer, stimmt's?«
Leider kannte Holger sie ziemlich gut. Marie hätte vor Wut platzen können. Was für eine Unverschämtheit, sie so kurzfristig zu versetzen! Das Treffen war seit Wochen geplant. Was fiel Holger eigentlich ein?
»Keineswegs«, sagte Marie betont munter. »Wir können uns genauso gut ein andermal sehen. Ist doch überhaupt kein Problem.« Holger sollte sich bloß nicht zu wichtig vorkommen.
»Wann denn?«, fragte er. »Nächste Woche?«
»Da kann ich nicht«, antwortete Marie kühl. »Nächste Woche hab ich ein wichtiges Vorsprechen, auf das ich mich vorbereiten muss.«
»Ehrlich? Davon hast du mir ja gar nichts erzählt.« Holgers Stimme klang ein wenig vorwurfsvoll.
»Ich muss dir schließlich nicht alles erzählen, oder?« Marie merkte, wie sie Kopfschmerzen bekam. Ob das Gespräch mit Holger oder die Bässe von unten daran schuld waren, konnte sie nicht mit Sicherheit sagen. Wahrscheinlich beides zusammen.
Holger antwortete nicht. Eine Weile war es still in der Leitung. Marie massierte sich mit der freien Hand die Schläfe, um die Kopfschmerzen zurückzudrängen.
»Was ist eigentlich los mit dir?«, fragte Holger schließlich. »Du hast doch irgendwas.«

»Ich?« Marie zog die Augenbrauen hoch. »Nein, alles in Ordnung. Hast du vielleicht ein Problem?«
Holger zögerte. »Nein, ich habe kein Problem«, murmelte er schließlich.
»Prima!« Marie ignorierte den bitteren Tonfall in seiner Stimme. »Hör mal, ich muss jetzt Schluss machen, ich hab noch einen ausgiebigen Wellness-Abend geplant. Viel Erfolg morgen beim Lernen.«
Sie beendeten das Gespräch, ohne ein neues Date zu vereinbaren. Marie starrte noch einen Moment auf das dunkle Display, dann pfefferte sie ihr Handy in die Sofaecke.

Eine halbe Stunde später lag Marie mit geschlossenen Augen in der Badewanne. Auf dem Badewannenrand flackerten mehrere Duftkerzen und verströmten einen leichten Geruch nach Vanille, der perfekt mit dem Pfirsichduft des Schaumbads harmonierte. Marie hatte eine Quark-Gurken-Pflegemaske aufgetragen, die herrlich kühl auf ihrem Gesicht lag, und versuchte sich zu entspannen. Aber das war gar nicht so einfach. Immer wieder tauchte Holgers Stimme in ihrem Kopf auf. Er hatte vorhin am Telefon so kalt geklungen. Und so fremd. Ob er keine Lust mehr hatte, sie zu sehen? Hatte er genug von ihr? Hatte er das Treffen morgen deshalb abgesagt? Marie versuchte sich einzureden, dass ihr das völlig egal sei, aber sie konnte sich nichts vormachen. Sie war enttäuscht. Bitter enttäuscht. Und gleichzeitig wahnsinnig wütend auf Holger, der sie einfach so hängen ließ.
Marie öffnete die Augen und nahm einen Schluck von dem Fruchtcocktail, den sie auf einem Hocker neben der Wanne

bereitgestellt hatte. Schluss mit den trüben Gedanken! Jetzt war Entspannung angesagt und sonst gar nichts.
Doch als Marie sich gerade tiefer ins Wasser sinken ließ und genießerisch die Augen schließen wollte, wurde unten die Musik bis zum Anschlag aufgedreht. Jetzt drangen nicht nur dröhnende Bässe durch den Fußboden, sondern auch eine kreischende Gitarre und das rhythmische Klatschen der Partygäste. Maries Parfumflakons im Regal klirrten vorwurfsvoll und von der Entspannungs-CD mit Meeresrauschen, die sie eingelegt hatte, war nichts mehr zu hören. Unten lief irgendein Rock-Song – überhaupt nicht Maries Musikgeschmack.
»Jetzt reicht's!«, zischte Marie. Sie stand so plötzlich auf, dass das Wasser überschwappte, stieg aus der Wanne, warf sich ihren Bademantel über und stürmte aus der Wohnung.
Marie rannte die Treppe hinunter und drückte mit vor Wut zusammengebissenen Zähnen auf den Klingelknopf der Nachbarwohnung. Natürlich machte niemand auf, weil das Klingeln in der lauten Musik völlig unterging. Marie hämmerte mit den Fäusten gegen die Tür. So schnell würde sie nicht aufgeben! Als sie gerade mit dem Bein ausholte, um der Tür einen ordentlichen Tritt zu verpassen, wurde plötzlich geöffnet. Marie verlor das Gleichgewicht und wäre beinahe nach vorn gekippt. Das Handtuch, das sie sich um die feuchten Haare geschlungen hatte, rutschte ihr über die Augen, und sie schob es schnell wieder hoch, um freie Sicht zu bekommen. In der Tür stand ein schlaksiger Typ mit braunen Haaren, die ihm fransig ins Gesicht fielen und für Maries Geschmack einen Tick zu lang waren. Er trug uralte Jeans

voller Farbspritzer, ein verwaschenes Sweatshirt und ausgelatschte Turnschuhe. Marie schätzte ihn auf achtzehn oder neunzehn. Seine hellbraunen Augen funkelten belustigt, als er sie von oben bis unten musterte.

»Ich wusste gar nicht, dass schon Geisterstunde ist«, sagte er statt einer Begrüßung.

»Was?« Diese seltsame Bemerkung brachte Marie einen Moment lang völlig aus dem Konzept. Sie zog die Augenbrauen zusammen – und merkte, wie etwas von ihrer Stirn abbröckelte. Hellgrüne Krümel landeten auf ihrem Bademantel. Vor Schreck blieb Marie glatt die Luft weg. Mist! Sie hatte völlig vergessen, ihre Gesichtsmaske abzuwaschen, bevor sie aus dem Badezimmer gestürmt war. Sie wagte kaum sich auszumalen, was für einen Anblick sie gerade bot: angetrockneten grünen Schlamm im Gesicht, einen Handtuch-Turban auf dem Kopf und Reste von Badeschaum an den Beinen. Marie merkte, wie sie knallrot anlief. Wenigstens konnte der Typ das unter der Gesichtsmaske nicht sehen.

Jetzt tauchte noch ein Gesicht auf. Es war der Junge, der Marie vor dem Haus angerempelt hatte. Er hielt eine Bierflasche in der Hand und prustete bei Maries Anblick laut los.

»Wer ist das denn?«, grölte er. »Euer Hausgespenst? Mensch, Adrian, warum hast du mir nicht gesagt, dass das eine Kostümparty ist? Dann wäre ich auch verkleidet gekommen!« Lachend schlug er Adrian auf die Schulter und verschwand wieder im hinteren Teil der Wohnung, wo immer noch heftig gefeiert wurde. Gerade begann ein neuer Song und Marie hörte begeistertes Kreischen. Die Party schien auf ihren Höhepunkt zuzusteuern.

Adrian hatte nur leicht gegrinst, als sein Freund sich über Marie lustig gemacht hatte. Jetzt wurde sein Gesicht wieder ernst, nur seine Augen blitzten spöttisch. »Willst du nicht reinkommen?«, fragte er. »Wir feiern gerade ein bisschen.«

Marie wurde plötzlich so sauer, dass sie diesem Adrian am liebsten an die Gurgel gesprungen wäre. Was bildete sich dieser arrogante Kerl eigentlich ein? »Nein danke«, zischte sie. Der gesamte Frust dieses Tages stieg in ihr hoch und sie tat nichts, um ihn aufzuhalten. »Ist dir eigentlich klar, dass man euern Partylärm im ganzen Haus hört?«

Adrian zog eine Augenbraue hoch. »Tatsächlich?«

»Allerdings!« Marie nickte heftig, wobei sich wieder ein paar Schlammbröckchen von ihrem Gesicht lösten und auf dem Boden landeten. »Ich versuche, mich da oben zu entspannen, aber das ist bei diesem Krach einfach unmöglich.«

»Wie wär's mit Ohrstöpseln?«, schlug Adrian vor. Dabei machte er das unschuldigste Gesicht der Welt.

Marie schnappte nach Luft. So viel Dreistigkeit verschlug ihr glatt die Sprache. Aber zum Glück nur kurz. »Das ist eine Unverschämtheit!« Sie stemmte die Hände in die Hüften. »Eins verspreche ich dir: Wenn ihr die Musik nicht leiser dreht, rufe ich um Punkt zehn die Polizei.«

Adrian zuckte mit den Schultern. »Tu, was du nicht lassen kannst.«

»Darauf kannst du Gift nehmen!« Marie drehte sich um und stapfte wütend die Treppe hinauf.

»Schönen Abend noch!«, rief Adrian ihr freundlich hinterher, bevor er sanft die Tür ins Schloss drückte.

»Mama, kannst du schnell meine Englisch-Vokabeln abhören?« Kim stürmte mit dem Vokabelheft ins Badezimmer, wo ihre Mutter gerade vor dem Spiegel stand und sich schminkte.
»Jetzt?«, fragte Frau Jülich, während sie sich sorgfältig die Wimpern tuschte.
Kim nickte. »Wir schreiben doch morgen die Arbeit, schon vergessen?« Kims Mutter legte großen Wert auf gute Noten und hatte Kims Klassenarbeitstermine meistens besser im Kopf als Kim selbst. »Ich bin gleich mit Michi zum Frühstücken im *Café Lomo* verabredet. Wenn du mich noch abhören willst, müssen wir die Vokabeln jetzt durchgehen.«
Kims Mutter schüttelte den Kopf. »Das geht nicht. Ich muss auch gleich weg.«
Kim ließ überrascht das Vokabelheft sinken. »Weg? Am Sonntagvormittag? Wohin denn?«
»Ich bin verabredet.« Frau Jülich zog sich die Lippen mit einem korallenroten Lippenstift nach, den Kim noch nie an ihr gesehen hatte. Eigentlich schminkte sich ihre Mutter nicht besonders oft, und wenn, dann nur sehr dezent. Nun tupfte sie sich auch noch jeweils einen Tropfen ihres Lieblingsparfums hinter die Ohren, das sie sonst nur zu besonderen Gelegenheiten benutzte.
»Mit wem?«, wollte Kim wissen. »Mit Juliane?« Juliane Evert war die beste Freundin ihrer Mutter. Sie trafen sich oft zum Quatschen und Kaffeetrinken – aber normalerweise nicht um diese Zeit. Den Sonntagvormittag verbrachte Frau Jülich gewöhnlich zu Hause. Sie lernte mit Kim Vokabeln oder überprüfte, ob die Zwillinge alle Hausaufgaben für die

nächste Woche gemacht hatten. Die beiden Jungs waren nämlich total schlampig und stinkfaul.

»Nein, nicht mit Juliane.« Frau Jülich zupfte ihre Locken zurecht und fixierte die Frisur mit einer ordentlichen Portion Haarspray.

Kim runzelte die Stirn. »Sag mal, warst du beim Friseur?«

Ihre Mutter betrachtete prüfend ihr Spiegelbild. »Ja, gestern. Gefällt's dir?«

»Sieht klasse aus«, sagte Kim wahrheitsgemäß.

Frau Jülich lächelte. »Danke. Du bist die Erste, die mich darauf anspricht. Papa ist meine neue Frisur noch gar nicht aufgefallen.« Ein Schatten huschte über ihr Gesicht und Kim wurde ein wenig unbehaglich zumute. Aber bevor sie etwas sagen konnte, ertönte ein Klingeln und Frau Jülich zog ihr Handy aus der Tasche ihres Cordblazers.

»Hallo?« Sie lauschte kurz, dann erschien ein Strahlen auf ihrem Gesicht. »Ach, du bist es!« Frau Jülich lachte leise. »Ja, ich freue mich auch. Ich fahre gleich los.« Sie warf einen Blick zu Kim hinüber und sagte: »Warte mal kurz, ich geh schnell rüber ins Arbeitszimmer.« Sie verließ das Bad und klapperte auf für sie ungewöhnlich hohen Absätzen in ihr Arbeitszimmer. Kim blieb verdutzt zurück. Was hatte das alles zu bedeuten? Ohne länger darüber nachzudenken, machte sie einen Schritt auf den Flur hinaus und spitzte die Ohren. Die Tür zum Arbeitszimmer war nur angelehnt und Kim konnte die Stimme ihrer Mutter hören. Leider verstand sie nur einzelne Satzfetzen.

»Du kennst ihn ja, Rücksicht ist ein Fremdwort für ihn. Er interessiert sich nur für seinen Kram … Nein, natürlich hat er nichts gemerkt … Ja, total unsensibel und egoistisch … Männer!, sag ich da bloß. Äh … entschuldige, du bist da natürlich ganz anders, so was wäre *dir* nie passiert … Wo war ich? Ach ja, bei unsensibel! Ich frage mich, warum ich das nicht früher bemerkt habe … Ich mache mir wirklich Vorwürfe … Ja, ja, du hast natürlich recht … Okay, dann bis gleich!«

Klappernde Schritte näherten sich und Kim verschwand schnell in ihrem Zimmer. Sie hörte, wie ihre Mutter leise vor sich hin trällernd die Treppe hinunterlief und nach den Autoschlüsseln griff.

»Ich bin dann weg!«, rief sie in Richtung Wohnzimmer, wo die Zwillinge vor dem Fernseher hockten und sich einen *Asterix*-Film auf DVD anschauten. Und schon fiel die Haustür ins Schloss.

SOS – dringende Clubsitzung!

Gut, dass Kim den Weg zum *Café Lomo* inzwischen im Schlaf kannte. So konnte sie beim Gehen auf Automatik schalten und ihren Gedanken freien Lauf lassen. Tausend verwirrende Fragen schwirrten gleichzeitig durch ihren Kopf: Was war plötzlich mit ihrer Mutter los? Warum hatte sie am Sonntagmorgen ein Date? Wer war unsensibel und egoistisch? Und die Frage aller Fragen: Wer war der Mann am Telefon gewesen? Papa bestimmt nicht, denn der war wie jeden Sonntagmorgen im Schuppen bei seinen geliebten Kuckucksuhren, die er in seiner Freizeit in mühevoller Kleinarbeit zusammenschraubte. Soweit Kim wusste, hatte ihre Mutter nur Freundinnen und keine Freunde – aber das war anscheinend neuerdings anders. Für einen netten Frauentalk hätte sie sich wohl kaum so aufgebrezelt. War sie etwa mit einem heimlichen Verehrer verabredet?
Kim schüttelte heftig den Kopf, um die trüben Gedanken loszuwerden. Vielleicht war ja in Wirklichkeit alles ganz harmlos und sie steigerte sich völlig unnötig in die Sache hinein. Kim holte tief Luft und versuchte, ihre Mundwinkel nach oben zu bewegen. Leider gehorchten sie ihr nicht so richtig – bis ihr jemand von hinten auf die Schulter tippte.
»Michi!« Kim warf die Arme um den Hals ihres Freundes und drückte ihn ganz fest.
Michi verzog das Gesicht, als ob er Schmerzen hätte, lachte aber dabei. »Hey, du bist ja heute stürmisch!«
»Ich hab dich so vermisst«, seufzte Kim. Sie mochte einfach

alles an Michi: seine wunderschönen, blaugrünen Augen, sein umwerfendes Lächeln und natürlich ganz besonders seine süßen Sommersprossen.

»Ich hab dich auch vermisst«, flüsterte Michi ihr ins Ohr. »Aber du weißt ja, Liebe geht durch den Magen. Komm, lass uns frühstücken gehen!«

Hand in Hand betraten sie das *Café Lomo* und besetzten ihren Lieblingstisch, den Kim extra vorher reserviert hatte. Er stand gleich hinter der Bar und war vor den neugierigen Blicken der anderen Gäste perfekt geschützt. Das Café war bereits gut gefüllt. Vor allem Schüler und Studenten nutzten das preisgünstige Frühstücks-Angebot des Monats.

»Zweimal *Frühstück Spezial* mit Milchkaffee?«, fragte die Bedienung.

Kim nickte, während Michi noch die Karte studierte. »Ich hätte gern ein paar Extras dazu: zwei Pfannkuchen mit Ahornsirup, ein zweites Ei und gekochten Schinken, bitte!«

»Kommt sofort.« Die Bedienung verschwand.

Kim lächelte Michi von der Seite an. »Du isst gern Pfannkuchen, oder?«

»Ich *liebe* Pfannkuchen!«, sagte Michi. »Da geht es mir genau wie dir: Bei süßen Sachen und Kuchen kann ich einfach nicht widerstehen.«

Das war genau der Moment, um unauffällig eine Frage loszuwerden. »Und was magst du lieber? Schokokuchen oder Zitronenkuchen?« Für beide Kuchen hatte Kim Rezepte im Backbuch ihrer Mutter gefunden, aber bisher hatte sie sich noch nicht entscheiden können, welches Rezept sie für den Valentinstag ausprobieren sollte.

Michi antwortete wie aus der Pistole geschossen: »Zitronenkuchen!«
»Alles klar«, sagte Kim. »Ach, und welche Duftkerzen findest du am schönsten? Vanille, Zimt oder Schoko?«
Michi runzelte die Stirn. »Keine Ahnung! Wozu willst du das denn alles wissen?«
»Ach, nur so …«, wich Kim aus und wurde rot.
Zum Glück kamen in dem Moment die Frühstücksteller und Michi stürzte sich sofort auf seine Pfannkuchen. Eine Weile aßen sie schweigend, dann fragte Kim: »Was hast du denn so vor in nächster Zeit, ich meine, außer arbeiten?«
Michi war schon sechzehn und jobbte viel – im Sommer meistens in einer Eisdiele und im Winter in Kneipen oder Cafés. Erst letzte Woche hatte er einen neuen Job in einer Bäckerei angenommen.
Sofort hellte sich Michis Gesicht auf. »Stell dir vor: Rolf hat mich gefragt, ob ich Lust auf eine Woche Skiurlaub habe! Eigentlich wollte er mit einem anderen Freund fahren, aber der hat kurzfristig abgesagt. Ich hab natürlich sofort zugesagt und kann's kaum erwarten!«
»Das ist ja toll!«, sagte Kim, obwohl sie die Aussicht auf eine Trennung von Michi gar nicht toll fand. Aber sie wusste, wie gern Michi Ski fuhr und mit seinem Freund Rolf zusammen war. Die beiden verbrachten oft die Ferien gemeinsam, machten Radtouren oder Kanufahrten. »Wann soll's denn losgehen?«, fragte sie tapfer und versuchte, sich nichts anmerken zu lassen.
»Nächsten Samstag«, sagte Michi. »Ich freu mich schon total!«

Er redete begeistert weiter, aber Kim hörte gar nicht mehr richtig zu. In ihrem Kopf ratterte es, als sie die Tage und Wochen überschlug. Wenn Michi nächsten Samstag losfahren und eine Woche bleiben wollte, hieß das ja … das bedeutete … Kim wurde blass.
»Aber … aber …«, fing sie an und musste schlucken, bevor sie weitersprechen konnte, »willst du wirklich über den 14. Februar wegfahren, ohne mich?«
Michis Gesicht war ein einziges großes Fragezeichen. »Warum nicht? Was ist denn am 14. Februar?«
Kim starrte ihn entsetzt an. Das konnte jetzt nicht sein Ernst sein! »Am 14. Februar ist Valentinstag«, sagte sie so gefasst wie möglich.
»Ach so!« Michi aß seelenruhig weiter. »Das ist doch nicht so schlimm. Den können wir nachfeiern. Es wird sowieso viel zu viel Wirbel um diesen Valentinstag gemacht, findest du nicht auch? Die Einzigen, die davon profitieren, sind doch die Blumenläden.«
Kim blieb die Luft weg. Das Croissant und der Kaffee drehten sich in ihrem Magen um. Auf einmal war ihr furchtbar schlecht.
»Was hast du denn?«, fragte Michi.
»Nichts«, murmelte Kim. Bevor Michi ihre Tränen sehen konnte, sprang sie auf und rannte aus dem Café.

Der laute Klingelton ihres Handys riss Marie aus dem Tiefschlaf. Sie blinzelte ins grelle Morgenlicht und stöhnte. Ihr Kopf dröhnte, als hätte Adrian, der neue Nachbar, seine Party-Boxen direkt an ihre Stirn angeschlossen. Marie presste die Hände gegen die Schläfen, aber es wurde nicht besser. Mühsam richtete sie sich auf und tastete nach dem Handy auf ihrem Nachttisch. Nach dem ersten Klingelton war es still geblieben, also musste es eine SMS sein. Maries Augen waren noch so verklebt, dass sie es erst nach einer Weile schaffte, die SMS zu öffnen.

SOS! Hilfe, ich brauche euch! Lasst alles stehen und liegen und kommt sofort zur Clubsitzung zu mir. Bitte!!!
Kim

Schlagartig war Marie wach. Das klang nach einem echten Notfall. Hektisch griff sie nach ihrem Wecker. Elf Uhr. Lange hätte sie wahrscheinlich sowieso nicht mehr schlafen können. Marie strampelte ihre Daunendecke weg und sprang schwungvoll aus dem Bett. Das hätte sie nicht tun sollen. Das Dröhnen in ihrem Kopf legte noch ein paar Dezibel an Lautstärke zu. Marie biss die Zähne zusammen und schleppte sich ins Bad. Sie sah lieber nicht in den Spiegel und ging gleich unter die Dusche, um abwechselnd heißes und kaltes Wasser über ihren Körper laufen zu lassen. Die Methode war zwar brutal, aber effektiv. Bibbernd kletterte Marie aus der Dusche, rubbelte sich mit einem flauschigen Badetuch trocken und verwendete statt der gewohnten Stunde nur fünfzehn Minuten für ihr morgendliches Styling. Das Ergebnis war entsprechend und für Maries Ansprüche absolut mittelmäßig, aber schließlich hatte sie heute kein Date, sondern musste ihre Freundin trösten, die wahrscheinlich noch viel schlechter aussah als sie selbst.

Im Stehen schlang Marie eine Scheibe Brot hinunter, trank ein paar Schlucke Milch aus der Flasche und lief zur Garderobe im Flur. Gerade als sie sich den Mantel zuknöpfte und ihren XXL-Schal zurechtzupfte, drehte sich plötzlich der Schlüssel in der Haustür.

»Hallo, Prinzessin!«, rief Herr Grevenbroich fröhlich. »Ich hab frische Brötchen vom Bäcker geholt, und rate mal, wen ich dort getroffen habe …«

»Keine Ahnung«, murmelte Marie und wollte ihrem Vater schnell erklären, dass sie leider keine Zeit für ein ausgiebiges Frühstück hatte, als sie auf einmal wie angewurzelt stehen blieb. Im Türrahmen lehnte Adrian!

»Na, gut geschlafen?«, fragte er doch glatt und grinste sie frech an.

Marie war so sprachlos über seine Unverschämtheit, dass sie kein Wort herausbrachte.

»Richtig wach scheinst du ja noch nicht zu sein.« Adrian zeigte amüsiert auf ihren Mantel.

»Wie bitte?« Verwirrt sah Marie an sich hinunter und entdeckte, dass sie den Mantel völlig falsch zugeknöpft hatte. Hastig versuchte sie, die Knöpfe wieder zu öffnen, und schaffte nicht mal das. Was bildete sich dieser Adrian eigentlich ein? Schneite hier einfach so herein und machte sich schon wieder über sie lustig!

»Ich hab Adrian zum Frühstück eingeladen«, sagte Herr Grevenbroich gut gelaunt. »Dann können wir unseren neuen Nachbarn gleich ein bisschen näher kennenlernen.«

Marie warf ihrem Vater einen verzweifelten Blick zu, aber er sah es nicht, weil er gerade seinen Schlüsselbund auf der

Kommode ablegte. Marie hatte absolut keine Lust, Adrian näher kennenzulernen. Das, was sie bisher von ihm mitbekommen hatte, reichte ihr völlig.
»Ist echt nett von Ihnen!« Adrian betrat die Penthaus-Wohnung so selbstverständlich, als würde er hier wohnen. Er trug immer noch seine Uralt-Jeans mit den Farbspritzern. Anscheinend war das die einzige Hose, die er besaß. »Bei uns unten herrscht noch das totale Chaos nach der Einweihungsparty«, plauderte er munter weiter. »War cool gestern: supernette Leute, super Stimmung!«
Herr Grevenbroich lächelte. »Freut mich! Wenn man jung ist, muss man feiern. Und wenn man älter wird, erst recht!« Die beiden Männer sahen sich an und prusteten gleichzeitig los. Wütend schob sich Marie an ihnen vorbei und zischte beim Rausgehen: »Ich muss jetzt los. Viel Spaß noch beim … Feiern!«
»Warte doch!«, rief ihr Vater ihr nach, aber Marie drehte sich nicht mehr um.
Keine zehn Pferde würden sie zurück in die Wohnung bringen, solange Adrian sich dort aufhielt. Allein schon beim Klang seines Namens wurde ihr schlecht: A-d-r-i-a-n! Das klang wie »absolut dämlicher, rüpelhafter, idiotischer, arroganter Nachbar«!

So aufgelöst hatte Marie ihre Freundin selten erlebt. Kim tigerte in ihrem Zimmer auf und ab, schluchzte und stammelte unverständliches Zeug.
»Komm doch erst mal zu uns aufs Sofa!«, sagte Marie sanft und Franzi klopfte auf den freien Platz zwischen ihnen.

Kim schüttelte den Kopf. »Ich kann nicht, ich muss mich bewegen, sonst drehe ich durch.«
Marie und Franzi tauschten einen besorgten Blick.
»Was ist denn passiert?«, fragte Franzi. »Hast du dich mit Michi gestritten?«
Sofort schluchzte Kim wieder los. »Dazu kam es gar nicht mehr! Ich bin schon vorher abgehauen, weil er so gemein zu mir war.«
»Michi?« Marie konnte es nicht glauben. Sie kannte keinen Jungen, der netter und rücksichtsvoller war. »Michi wollte dir sicher nicht wehtun. Bestimmt war alles nur ein Missverständnis.«
»Genau«, fügte Franzi hinzu. »Rede mit ihm! Dann wird sich alles aufklären.«
Plötzlich wurde Kim ganz ruhig und sagte mit eisiger Stimme: »Da gibt es nichts aufzuklären. Michi fährt mit seinem Freund zum Skilaufen in die Berge – über den Valentinstag! Er hat keine Sekunde daran gedacht, was der 14. Februar für ein Tag ist, dass das *unser* Tag ist ... Ich musste ihn erst mit der Nase darauf stoßen, und dann hat er ... dann hat er gemeint, das könnten wir doch locker verschieben und das sei doch alles überhaupt nicht schlimm.«
»Idiot!«, rutschte es Marie heraus.
Jetzt ließ sich Kim doch aufs Sofa fallen. Wie ein Häufchen Elend saß sie da. Marie legte den Arm um sie und Franzi strich ihr tröstend übers Haar.
»Das tut mir echt leid«, seufzte Franzi. »Michi hätte wirklich etwas rücksichtsvoller sein können. Männer!, sag ich da bloß.«

Kim zuckte zusammen. Genau den Satz hatte ihre Mutter heute Morgen auch gesagt! Gehörte Michi etwa auch zu der Sorte Männer, die über die Gefühle anderer Menschen einfach hinwegtrampelten? Die sich nicht mal die geringste Mühe machten, sich vorzustellen, was im Herzen ihrer Freundin vorging?
»Trotzdem darfst du jetzt nicht aufgeben«, sagte Franzi ernst. »Du und Michi, ihr seid so lange zusammen und ihr habt schon ganz andere Probleme gelöst. Ihr kriegt das wieder hin!«
Marie nickte. Auf einmal hatte sie einen dicken Kloß im Hals. Bei Kim und Michi war sie sich absolut sicher, dass ihre Liebe auch in schwierigen Zeiten stark genug war. Aber galt das auch für sie und Holger? Schnell verdrängte sie den Gedanken und sagte zu Kim: »Ich bin immer für dich da, das weißt du, oder? Du kannst mich jederzeit anrufen, Tag und Nacht!«
»Mich auch!« Zur Bekräftigung hob Franzi die linke Hand zum Schwur.
Kim schniefte. »Danke! Ich wüsste nicht, was ich ohne euch machen würde – und ohne Schokolade! Ich glaube, jetzt brauch ich dringend ein bisschen Nervennahrung.«
Marie und Franzi sahen sich erleichtert an. Wenn Kim schon wieder an Schokolade dachte, konnte es ihr nicht mehr ganz so schlecht gehen.
»Bin gleich wieder da.« Kim stand auf. »Mein Vorrat ist leider aufgebraucht, aber ich weiß, wo meine Mutter ihre Süßigkeiten bunkert.«
Zielstrebig lief sie zum Arbeitszimmer ihrer Mutter, ging

zum Bürocontainer neben dem Schreibtisch und zog die dritte Schublade von oben auf. Volltreffer! Zwei Tafeln Nussschokolade lächelten ihr entgegen. Kim nahm sich eine und wollte die Schublade gerade wieder zumachen, als sie unter der zweiten Schokoladentafel ein Buch entdeckte, dessen Titel ihr förmlich entgegensprang: *Scheidungsratgeber!*

Ein ganz besonderer Fall

Marie sah sofort, dass etwas nicht stimmte, als Kim zurück in ihr Zimmer kam. Sie war leichenblass und statt einer Tafel Schokolade hielt sie ein Buch in der Hand.

»Seht mal, was ich gefunden habe!« Kims Stimme klang ganz dünn und piepsig. »Das lag im Bürocontainer meiner Mutter.«

»*Scheidungsratgeber – alles, was frau für den Fall der Fälle wissen muss*«, las Marie laut vor. Sie runzelte die Stirn. »Was will denn *deine* Mutter damit?«

»Das frage ich mich auch.« Kim ließ sich seufzend aufs Sofa fallen und betrachtete traurig das Buch. »Aber eigentlich gibt es nur eine Antwort: Meine Eltern wollen sich scheiden lassen.«

»Was? Bei dir piept's wohl!« Franzi tippte sich gegen die Stirn. »Wenn eine Ehe ewig hält, dann die deiner Eltern. Ihr fünf seid doch die perfekte Familie!«

»Das dachte ich auch immer«, murmelte Kim. Dann fügte sie düster hinzu: »Ich glaube, Mama hat ein Geheimnis.« Kim berichtete kurz von dem Anruf, den ihre Mutter am Vormittag bekommen hatte. »Sie hat mit einem Mann telefoniert, ganz klar. Ich hatte gleich ein komisches Gefühl bei der Sache. Mamas Stimme klang so anders als sonst und sie hat total albern gelacht. Außerdem hat sie superfies über Papa abgelästert. Und für das Date mit diesem Typen hat sie sich richtig aufgestylt. Dabei ist das sonst gar nicht ihre Art.«

Marie wiegte skeptisch den Kopf. »Das kann auch alles völlig harmlos sein. Du hast bestimmt irgendetwas missverstanden. Bloß weil sich deine Mutter mit einem Mann trifft, muss sie ja nicht gleich eine Affäre mit ihm haben.«

»Und was ist hiermit?« Kim hielt anklagend das Buch hoch. »Einen besseren Beweis gibt's doch gar nicht!«

»Vielleicht gehört das Buch gar nicht deiner Mutter«, vermutete Marie, die einfach nicht glauben konnte, dass Frau Jülich einen heimlichen Lover hatte. Das passte nicht zu ihr.

»Meinst du?«, fragte Kim hoffnungsvoll. Sie schlug das Buch auf und blätterte ein bisschen darin herum. Plötzlich schnappte sie nach Luft. »Seht mal!« Sie hielt Marie und Franzi eine Seite hin, auf der eine Textstelle dick unterstrichen war.

Franzi nahm das Buch und las halblaut vor: *»Viele Menschen bemerken die schleichende Zersetzung ihrer Ehe erst, wenn es zu spät ist. Über Jahre leben sich die Eheleute auseinander, bis sie kaum noch gemeinsame Interessen haben und keine Zeit mehr miteinander verbringen. Dann gibt es oft nur noch einen Ausweg: die Scheidung.«*

Kim schluckte und zeigte mit zitterndem Finger auf einen Kommentar am Rand. In kleinen, ordentlich geschwungenen Buchstaben stand dort: *»Stimmt genau!«* »Das ist Mamas Schrift«, sagte Kim tonlos. »Sie will sich tatsächlich scheiden lassen! Ob Papa schon Bescheid weiß? Was wird denn dann aus Ben, Lukas und mir? Werden wir bei Papa oder bei Mama wohnen? Vielleicht müssen wir sogar hier ausziehen! Oh Gott, das ist alles so schrecklich …« Kims Stimme versagte. Sie vergrub den Kopf in den Händen und begann verzweifelt zu schluchzen.

Marie brach es fast das Herz, ihre Freundin so außer sich zu sehen. Dabei haute Kim eigentlich nichts so schnell um. Normalerweise war sie immer die Ruhe selbst. Aber wen würde es nicht aus der Fassung bringen, wenn die eigenen Eltern sich scheiden ließen? »Jetzt beruhig dich erst mal.« Marie legte sanft den Arm um Kim.
Nach einer Weile hob Kim den Kopf. Ihr Gesicht war völlig verheult. Hilflos sah sie von Marie zu Franzi. »Was soll ich denn jetzt machen? Am besten, ich spreche Mama gleich heute Abend auf die Sache an. Dann weiß ich wenigstens, woran ich bin.«
Marie und Franzi wechselten einen schnellen Blick. »Ich glaube nicht, dass das so eine gute Idee ist«, sagte Marie vorsichtig. »Findest du das nicht ein bisschen überstürzt?«
Franzi nickte eifrig. »Marie hat recht. Das ist eine heikle Angelegenheit. Wir sollten erst mehr herausfinden, bevor du mit deiner Mutter redest. Zum Beispiel, wie der Typ heißt, mit dem sie sich heute getroffen hat. Und wie ernst die Sache zwischen den beiden ist.«
»Genau«, stimmte Marie zu. »Vielleicht stellt sich ja heraus, dass doch alles ganz harmlos ist. Dann wäre es superpeinlich, wenn du deine Mutter zur Rede stellst.«
Kim wischte sich die Tränen aus dem Gesicht. »Heißt das, ihr wollt mir helfen?«
»Na klar.« Franzi drückte Kims Hand. »Was denkst du denn? Wir sind schließlich deine Freundinnen!«
Marie grinste. »Und wir sind nicht umsonst Detektivinnen. Das wäre doch gelacht, wenn wir nicht herausfinden, was zwischen deiner Mutter und diesem Typ läuft!«

Ein klitzekleines Lächeln erschien auf Kims Gesicht. »Vielen Dank! Ihr seid echt super.«
Franzi streckte den Arm aus. »Das ist genau der richtige Moment für unseren Powerspruch. Ich glaube, für diesen Fall brauchen wir besonders viel Energie.«
Kim und Marie streckten ebenfalls die Arme aus. Alle drei legten die Hände übereinander, dann sagten sie im Chor: »Die drei !!!.«
Franzi sagte: »Eins!«, Marie »Zwei!« und Kim »Drei!«. Zum Schluss hoben sie alle gleichzeitig die Hände und riefen: »Power!!!«

Detektivtagebuch von Kim Jülich
Sonntag, 20:35 Uhr
Wir haben einen neuen Fall, und diesmal geht es um – meine Eltern! Wir haben den Verdacht, dass meine Mutter eine Affäre hat und sich scheiden lassen will. Unser Plan: mehr herausfinden – und natürlich versuchen, die Sache zu verhindern.
So viel zu den Fakten. In mir drin sieht es natürlich längst nicht so nüchtern und klar aus. Im Gegenteil, ich bin total durcheinander. Ich kann einfach nicht glauben, dass meine Familie Gegenstand der Ermittlungen sein wird. Das hätte ich mir nie träumen lassen. Aber ich muss versuchen, professionell zu bleiben und alles ganz objektiv zu betrachten. So, als würde es nicht um meine Eltern, sondern um völlig fremde Personen gehen. Keine Ahnung, wie ich das schaffen soll …
Aber jetzt zurück zu den Fakten. In der heutigen Clubsitzung wurden folgende Schritte beschlossen:
– wir überprüfen das Handy meiner Mutter und versuchen, den

Namen sowie die Telefonnummer ihres heimlichen Verehrers herauszufinden.
- *wir beschatten meine Mutter, wenn sie sich das nächste Mal mit ihrem Verehrer trifft.*
- *wir versuchen, die Ehe meiner Eltern zu retten, indem wir sie dazu bringen, wieder mehr Zeit miteinander zu verbringen. Sie brauchen gemeinsame, positive Erlebnisse, um wieder zueinanderzufinden (das steht jedenfalls in dem Scheidungsratgeber, hoffentlich stimmt's auch!), zum Beispiel: gemeinsamer Kino- oder Theaterabend, im Restaurant schön essen gehen oder so was.*

Geheimes Tagebuch von Kim Jülich
Sonntag, 21:11 Uhr
Achtung: Lesen für Unbefugte (alle außer Kim Jülich) verboten!!! Das gilt auch für die nervigsten und neugierigsten Zwillingsbrüder des Universums sowie für alle anderen Hausbewohner (auch für euch, Mama und Papa!).
So verzweifelt war ich noch nie in meinem Leben. Meine Eltern wollen sich scheiden lassen!!! Ich bin mir fast hundertprozentig sicher, dass es so ist, auch wenn Marie und Franzi versuchen, die Sache herunterzuspielen. Aber warum sonst hat sich Mama heute Vormittag so aufgebrezelt? Und warum studiert sie Scheidungsratgeber???
Je länger ich darüber nachdenke, desto mehr Hinweise auf die schleichende Zersetzung der Ehe meiner Eltern fallen mir ein: Sie haben tatsächlich kaum noch gemeinsame Interessen. Mama kümmert sich um ihre Grundschulkinder, ihre geliebten Wohltätigkeitsbasare und natürlich um die Zwillinge und mich.

Papa sitzt in seiner Freizeit ständig in seinem Schuppen und bastelt an seinen Kuckucksuhren. Er hat nicht mal Mamas neue Frisur bemerkt! Wann haben meine Eltern zum letzten Mal gemeinsam etwas unternommen? Die Antwort lautet: keine Ahnung! Das muss schon Jahre her sein. Außerdem giften sie sich in letzter Zeit ziemlich oft an. Meistens geht es zwar nur um Kleinigkeiten, aber ein Alarmzeichen ist das bestimmt trotzdem.
Warum ist mir das alles nicht schon früher aufgefallen? Wie konnte ich nur so blind sein?
Wenn ich wenigstens Michi anrufen und mich von ihm trösten lassen könnte! Aber ausgerechnet jetzt haben wir eine schlimme Krise. Nachdem ich heute Vormittag einfach so aus dem Café gestürmt bin, hat er mir schon dreimal auf die Mailbox gequatscht, aber ich rufe ihn bestimmt nicht zurück. Wenn er wissen will, was los ist, soll er seine Gehirnzellen mal ein bisschen anstrengen, vielleicht kommt er dann von selbst drauf. Wie konnte er nur den Valentinstag, der gleichzeitig unser Jahrestag ist, einfach so vergessen? Da mache ich mir seit Wochen Gedanken, womit ich Michi überraschen kann, und er plant mit seinem Kumpel einen Skiurlaub! Ich hätte nie im Leben gedacht, dass Michi so rücksichtslos und unsensibel ist. Das ist eine ganz neue Seite an ihm. Und diese Seite gefällt mir überhaupt nicht.
Was, wenn Michi gar nicht so ist, wie ich immer dachte? Was, wenn sich unsere Beziehung auch schleichend zersetzt hat, ohne dass ich es bemerkt habe? Ist das etwa das Ende? Nein, ich darf gar nicht daran denken! Michi, tu mir das nicht an!!!

Marie stieg die ausgetretenen Steinstufen empor, die zum Eingang des *Theaters im Hinterhof* führten. Sie zupfte ihren

Jeansrock zurecht, zu dem sie schlichte, schwarze Stiefel und einen kurzen Blazer trug, der ihre schlanke Taille betonte. Ihr rosafarbener Wollschal passte farblich perfekt zu ihrem schimmernden Lipgloss. Natürlich hatte Marie auch Lidschatten, Rouge und Nagellack auf den Rosa-Ton abgestimmt. Sie wollte heute nichts dem Zufall überlassen. Sie musste einfach eine dieser Statistenrollen bekommen! Nach all dem Ärger mit Holger und diesem unverschämten neuen Nachbarn brauchte sie dringend einen Lichtblick in ihrem trüben Dasein.

Marie atmete einmal tief durch und drückte die schwere Holztür auf. Sie betrat ein geräumiges Foyer, in dem reges Treiben herrschte. Mindestens dreißig Leute standen in kleinen Gruppen beieinander und unterhielten sich, blätterten in Textbüchern oder gingen stumm die Lippen bewegend auf und ab. Marie blieb überrascht stehen. Mit so einem großen Andrang hatte sie nicht gerechnet. Sie schien hier eine der Jüngsten zu sein. Die meisten Bewerber sahen aus wie Mitte zwanzig oder noch älter. Wahrscheinlich hatten sie schon jede Menge Schauspielerfahrung. Das war etwas völlig anderes als die Rollenverteilung in ihrer Theater-AG. Plötzlich kam sich Marie klein und unwichtig vor, ein Gefühl, das ihr weitgehend fremd war – und das ihr ganz und gar nicht gefiel. Sie straffte die Schultern und heftete ihren Blick auf einen Tisch am hinteren Ende des Foyers, an dem eine junge Frau Fragebögen an die Bewerber austeilte. Offenbar musste man sich dort anmelden. Genau das würde sie jetzt auch tun. Und nachher würde sie alle anderen Bewerber an die Wand spielen, jawohl!

»Hallo, Marie!«
Marie fuhr herum und sah direkt in Adrians grinsendes Gesicht.
»Na, heute mal ohne Gesichtsmaske unterwegs?«, fragte er.
Marie war so überrascht, dass sie Adrian mehrere Sekunden stumm anstarrte, statt auf seinen blöden Spruch zu reagieren. Dann krächzte sie: »Was machst du denn hier?« Sie räusperte sich. »Allmählich hab ich den Eindruck, du verfolgst mich.«
»Keineswegs.« Adrian fuhr sich durch seine halblangen Haare. Er hatte sie offenbar gewaschen, denn sie sahen viel besser aus als bei ihren ersten beiden Begegnungen. Heute trug er auch nicht die fleckigen Jeans, sondern eine schwarze Cordhose und dazu ein schneeweißes Hemd. Sehr schlicht, aber durchaus stilvoll, wie Marie insgeheim zugeben musste.
»Sag bloß, du machst auch beim Vorsprechen mit!« Marie warf ihre frisch geföhnten Haare über die Schulter zurück. Sie war froh, dass sie sich vorhin so sorgfältig gestylt hatte. Nicht dass es ihr wichtig war, was dieser Typ von ihr hielt. Aber jetzt konnte er wenigstens sehen, dass sie normalerweise nicht wie eine Vogelscheuche herumlief.
»Nein, ich hab schon eine Rolle«, sagte Adrian, als wäre das völlig selbstverständlich.
»Wie bitte?« Marie runzelte die Stirn. »Was soll das denn heißen?«
»Ich gehe auf die Schauspielschule und unser Jahrgang führt das Stück auf, für das heute die Statisten gesucht werden: *Geschlossene Gesellschaft* von Sartre«, erklärte Adrian.
Marie schluckte. »Und du spielst auch mit?«

Adrian nickte. »Ich spiele eine der Hauptrollen. Kennst du das Stück?«
Marie überlegte kurz, ob sie Adrian anschwindeln sollte, aber dann entschied sie sich doch für die Wahrheit. »Nein, ehrlich gesagt hab ich noch nie davon gehört.«
»Das Stück ist einfach super!« Adrians Stimme bekam plötzlich einen richtig leidenschaftlichen Klang. »Es ist ziemlich kurz, ein Einakter mit drei Hauptfiguren und einer Nebenfigur, dem Kellner. Es geht um eine Dreiecksbeziehung zwischen einem Mann und zwei Frauen. Die Figuren sind in der Hölle und quälen sich gegenseitig, weil jeder auf den anderen eifersüchtig ist. Damit die Stimmung noch bedrohlicher wird, hatte unser Regisseur die Idee, Statisten als zusätzliche Kellner einzuführen.«
»Klingt spannend«, musste Marie zugeben. »Und du gehst tatsächlich auf die Schauspielschule? Das ist echt cool!«
»Ja, es macht mir auch total viel Spaß. Theater ist mein Leben.« Bei jedem anderen hätte dieser Spruch abgedroschen oder übertrieben geklungen, aber Adrian nahm man ihn sofort ab. Seine hellbraunen Augen sprühten förmlich vor Begeisterung. Marie fiel auf, dass sie eigentlich ziemlich schön waren, genauso wie seine schmale, gerade Nase und die geschwungenen Lippen. Er hatte irgendwie ein klassisches Gesicht – schade, dass er es meistens hinter seinen fransigen Haaren versteckte.
»Ich spiele auch für mein Leben gern Theater.« Marie seufzte. »Aber ich fürchte, bei der Konkurrenz hier hab ich schlechte Karten. Die scheinen sich alle total gut vorbereitet zu haben.«

»Ach was, die meisten tun doch nur wichtig.« Adrian beugte sich zu Marie und senkte die Stimme. »Ich verrate dir was: Ihr müsst keine vorbereitete Rolle spielen, sondern improvisieren. Du hast also genauso gute Chancen wie alle anderen hier.«

»Ehrlich?« Maries Gesichtsausdruck hellte sich auf. »Vielen Dank für die Info.«

»Kein Problem. Aber du solltest dich jetzt lieber anmelden, es geht gleich los.« Adrian hob zum Abschied lässig die Hand, dann schlenderte er davon.

Marie sah ihm gedankenverloren nach. Eigentlich hieß es ja immer, der erste Eindruck von einem Menschen sei der richtige. Ob Adrian die Ausnahme von der Regel war? Vielleicht war der nervige neue Nachbar ja doch nicht so nervig …

Treffpunkt Italiener

»Die Textbücher könnt ihr weglegen!«, sagte der Regisseur. Nach einem kurzen Rascheln wurde es still im Zuschauerraum des Theaters. Marie, die sich mit den anderen Bewerbern in die erste Reihe gesetzt hatte, starrte gebannt auf die Bühne ins gelbe Scheinwerferlicht, in dem der Regisseur stand. Er sah genauso aus, wie sie sich einen Profi-Regisseur vorgestellt hatte: groß, schlank und ganz in Schwarz mit Rollkragenpullover. Auf der Nasenspitze trug er eine randlose Brille, über deren Gläser er mit ruhigem, prüfendem Blick hinwegsah.

»Hallo zusammen!«, sagte er. »Ich bin Walter. Beim Theater duzen wir uns. Ich hoffe, das ist okay für euch?« Er lächelte, als alle zustimmend murmelten, und redete weiter: »Wir suchen zu unserem Kellner noch drei weitere stumme Kellner, die mit ihm auftreten und abgehen. Ihr werdet also keinen Text haben. Heute geht es den Schauspielschülern und mir vor allem um eure Präsenz auf der Bühne, eure Körpersprache. Und die kann man am besten bei einer Improvisations-Szene sehen. Deshalb haben wir ein kleines Impro-Spiel für euch vorbereitet. Es ist ganz einfach, es geht um Hoch- und Tiefstatus. Davon habt ihr bestimmt schon gehört, oder?«

Alle nickten – bis auf Marie. Hoch- und Tiefstatus? Sie hatte keine Ahnung, was das genau war. Sollte sie nachfragen? Nein, das wäre zu peinlich, vor allem wenn der Regisseur erfuhr, dass sie so was Simples trotz jahrelanger Schauspielerfahrung nicht wusste.

Da ging es auch schon los. Eine Schauspielschülerin stand auf und breitete einen Fächer aus Karteikarten aus. »Auf jeder Karte hier steht eine Berufsbeziehung zwischen zwei Personen. Kommt bitte paarweise zu mir und zieht eine Karte. Wer möchte anfangen?«

Marie rutschte ein Stück tiefer in ihrem Sitz und wich dem suchenden Blick der Schauspielschülerin aus. Sie wollte auf keinen Fall als Erste raus und sich bis auf die Knochen blamieren.

Zum Glück meldete sich ein Pärchen freiwillig. Lächelnd betraten die beiden die Bühne. Sie waren etwa Mitte zwanzig und sahen mit ihren roten Haaren wie Geschwister aus, nur dass die Frau wesentlich kleiner und zierlicher war. Die Frau zog eine Karte und verkündete: »Zahnarzt und Sprechstundenhilfe.«

Jetzt stand Adrian auf und wandte sich ans Publikum: »Wir sehen eine Szene zwischen einer Zahnärztin und einer männlichen Sprechstundenhilfe und zählen ein mit: fünf, vier, drei, zwei, eins, los!« Er sprühte dabei so vor Energie, dass Marie völlig vergaß mitzuzählen.

»Da haben wir ja schon unseren nächsten Patienten«, sagte die Frau und beugte sich zum unsichtbaren Zahnarztstuhl hinunter. »Bohrer!«

Der Mann stotterte: »B…Bohrer? Äh … wo ist der noch gleich?« Er grabschte auf der unsichtbaren Ablage des Zahnarztstuhls herum und suchte hektisch überall, in den eigenen Hosentaschen und schließlich auch in den Taschen der Frau. Das Publikum fing an zu lachen.

Am lautesten lachte Walter. »Danke, Sandra und Theo, das

genügt. Die Nächsten bitte!« Dabei zeigte er auf Marie und den gelangweilten Typen, der neben ihr saß.
Marie bekam fast einen Herzinfarkt. Sie hatte immer noch keinen blassen Schimmer, worum es bei der Impro-Übung eigentlich ging. Aber es half alles nichts, da musste sie durch. Jetzt nur nicht stolpern, dachte sie, während sie die Treppen zur Bühne hochging. Ihre Hand zitterte, als sie eine Karte aus dem Fächer zog. »Chef und Sekretärin«, las sie vor.
Adrian stand auf und zwinkerte ihr zu. Das brachte Marie völlig aus dem Konzept. Das Publikum hatte längst »... zwei, eins, los!« gerufen und sie stand immer noch wie ein begossener Pudel da mit null Komma null Bühnenpräsenz.
»Wo bleibt denn die Akte 17 B?«, schnauzte ihr Mitspieler sie völlig unvermittelt an.
Marie zuckte zusammen. »Was? Wie?«
Ihr Mitspieler kam näher und blitzte sie wütend an. »Haben Sie Tomaten auf den Ohren? Oder sonst irgendein Problem?«
»N...nein, n...natürlich nicht«, stammelte Marie. »Akte 27 B sagten Sie?«
»*17* B!« Ihr Mitspieler brüllte jetzt so laut, dass Maries Ohren zu pfeifen anfingen. Automatisch wich sie zwei Schritte zurück und duckte sich. »Kommt sofort, Chef!«, murmelte sie.
»Und jetzt Statuswechsel!«, rief ihr plötzlich der Regisseur zu. Statuswechsel? Was meinte er bloß damit? Marie hatte keine Zeit zu überlegen, weil ihr »Chef« ihr schon wieder auf die Pelle rückte. »So geht das nicht weiter, Frau Müller! Sie sind ja die allerletzte Niete. Wie alt sind Sie eigentlich? Dürfen minderjährige Küken wie Sie überhaupt schon arbeiten?«

Plötzlich wurde Marie wütend. Was bildete sich der Typ eigentlich ein? Dem schien die Rolle richtig Spaß zu machen. Na warte, dachte sie. Diesmal wich sie nicht zurück, sondern sah ihrem Mitspieler direkt in die Augen. »Sie haben völlig recht, Herr Meier. So geht das nicht weiter. Entweder ändern Sie sofort Ihren Umgangston oder ich kündige.«
Die selbstsichere Fassade des Chefs fiel wie ein Kartenhaus zusammen. »Aber ... aber Frau Müller, so hab ich das doch nicht gemeint, ich ... ich ... äh ...«
»Danke«, sagte der Regisseur und brach die Szene ab. Diesmal hatte keiner gelacht und der Applaus war auch viel magerer als beim ersten Paar.
Das war's, dachte Marie und stolperte zurück zu ihrem Platz. Sie hatte alles verpatzt, von Anfang an. Warum hatte sie bloß nicht nachgefragt, dann hätte sie sich diese Blamage ersparen können!
Das Vorsprechen der anderen Bewerber bekam Marie kaum mit. Sie überlegte sogar kurz, ob sie einfach gehen sollte, traute sich dann aber doch nicht.
Schließlich waren alle durch und der Regisseur zog sich mit den Schauspielschülern zur Beratung zurück. Sie flüsterten leider so leise, dass Marie kein Wort verstehen konnte. Sie merkte nur, dass Adrian anscheinend den größten Einfluss auf den Regisseur hatte, zumindest redete er am längsten mit ihm. Bestimmt machte er ihm gerade klar, dass er Marie auf keinen Fall nehmen durfte, da sie bis auf das Geister- und Gespensterfach zu nichts zu gebrauchen war.
Nach einer halben Ewigkeit verkündete Walter die Entscheidung: »Erst mal danke an euch alle! Ihr habt super mitge-

macht. Trotzdem können wir nur drei Statistenrollen vergeben. Wir hätten gern den Zahnarzt, die Sprechstundenhilfe und die Sekretärin.«
Die Sekretärin? Marie brauchte mindestens fünf Sekunden, bis sie begriff, dass sie damit gemeint war. Das war der absolute Wahnsinn. Sie hatte die Rolle!
»Gratuliere!«, sagte Adrian, der plötzlich neben ihr stand. »Du warst richtig gut. Das fanden wir übrigens alle.«
Marie wurde erst blass und dann rot. »Wirklich? Danke!«
Adrian grinste sie an und zum ersten Mal hatte Marie das Gefühl, dass er sich nicht über sie lustig machte.
Marie schwebte auf Wolke sieben aus dem Theater und lief die Straßen entlang. Alle Leute, die ihr entgegenkamen, lächelten sie an oder drehten sich fasziniert nach ihr um. Erst nach einer Weile begriff Marie, woran es lag: Sie strahlte selber wie ein Honigkuchenpferd! Den Moment musste sie unbedingt für die Ewigkeit festhalten. Schnell zog sie ihr Handy aus der Tasche, hielt es ein Stück von sich weg und schoss eine kleine Foto-Serie von sich. Als sie alle Facetten ihres Glücks eingefangen hatte, wollte sie das Handy wieder zurück in ihre Tasche stecken, doch da kam gerade eine SMS – von Holger!

Liebe Marie!
Sorry, dass ich unser Date am Sonntag abgesagt hab!
Tut mir total leid. Hast du heute Abend Zeit zum
Telefonieren? Ich ruf dich um 21:00 an, okay?
Alles Liebe, Holger

Marie starrte auf das Display und die Buchstaben verschwammen vor ihren Augen. Ach, Holger! Warum war er wieder so lieb zu ihr? Sie freute sich über seine Nachricht, aber früher hätte sie sich tausendmal mehr gefreut!
Schnell tippte Marie ihr Okay und schickte die Antwort ab. Kaum war die SMS weg, klingelte das Handy schon wieder. Erst dachte Marie, es wäre Holger, aber auf dem Display erschien Kims Name.
»Hallo, was gibt's?«, fragte sie.
Kim atmete schnell. »Ich hab Neuigkeiten. Wir müssen uns sehen. Dringendes Clubtreffen!«
»Im Hauptquartier?«, fragte Marie.
»Nein!« Kims Stimme klang hektisch, aber gleichzeitig energisch. »Das dauert zu lange. Bei mir geht es diesmal leider nicht. Ben und Lukas haben ihre Fußballfreunde eingeladen. Die stellen das ganze Haus auf den Kopf.«
Marie lachte. »Kann ich mir vorstellen. Dann also bei mir – in einer Stunde?«

»Geht klar. Ich geb Franzi Bescheid.« Kim legte auf.
Die drei !!! saßen im Schneidersitz auf Maries flauschigem Teppich und futterten die Reste des Auberginenauflaufs, den Maries Vater am Vorabend gekocht hatte. Kim aß diesmal am wenigsten. Schon nach ein paar Bissen legte sie ihre Gabel weg und begann zu erzählen: »Also, ich hab's getan! Ich hab mir heimlich das Handy meiner Mutter geschnappt, obwohl ich so was echt hasse.«
Marie und Franzi nickten. Kim hatte die meisten Skrupel, wenn sie lügen oder etwas Verbotenes tun musste, und das

war bei den Ermittlungen der drei !!! manchmal ziemlich hinderlich.
»Hast du herausgefunden, wie der Typ heißt, mit dem sich deine Mutter trifft?«, fragte Franzi.
Kim nickte. »Der Mann heißt Ingo Zürcher. Mama hat ihn sogar extra in ihren Handy-Kontakten gespeichert, aber das Schlimmste kommt noch: Dieser Ingo hat ihr gestern um 13:20 Uhr eine SMS geschrieben. Er hat sich mit ihr verabredet: im *Restaurant Roma*, heute Abend um 18:30 Uhr.«
Marie pfiff durch die Zähne. »Das Lokal kenn ich. Ein richtiger Nobelschuppen, da gehen viele Promis und Geschäftsleute hin. Ohne Anzug, Krawatte und Abendkleid kommst du da gar nicht erst rein.«
»Wir müssen aber reinkommen!«, sagte Kim. Das Jagdfieber der Detektivin glitzerte in ihren Augen. »Wir müssen die beiden beschatten.«
Franzi stöhnte. »Vergiss es! Die erkennen uns doch gleich. Deine Mutter wird ausflippen und uns sofort nach Hause schicken. Das war's dann mit den geheimen Ermittlungen.«
Kim biss sich auf die Unterlippe. »Mist! Daran hab ich gar nicht gedacht. Aber es muss doch irgendeine Lösung geben …«
»Gibt es auch«, sagte Marie, während sie genüsslich die letzten Auflaufreste aus der Form kratzte. »Und die Lösung ist zum Greifen nah.« Sie stand auf, trat an ihren riesigen weißen Kleiderschrank und machte die Schiebetür auf. »Bedient euch!«
Das ließen sich Kim und Franzi nicht zweimal sagen. Seit dem letzten Mal war Maries Auswahl an Kleidern, Perücken

und Accessoires noch größer geworden. Marie liebte es, auf Flohmärkten zu stöbern und immer wieder neue Stücke aufzutreiben, für den Alltag und für Situationen wie diese, in denen sich die drei !!! verkleiden mussten, um älter zu wirken oder nicht erkannt zu werden.

Eine halbe Stunde später hatten sie drei perfekte Outfits zusammengestellt: Kim trug ein kleines Schwarzes mit passender schwarzer Pagenkopf-Perücke und Perlenkette und sah aus wie Audrey Hepburn in *Frühstück bei Tiffany*. Franzi hatte sich für einen eleganten, dunkelgrünen Hosenanzug entschieden, der perfekt mit dem orientalischen Seidentuch harmonierte, das Marie ihr kunstvoll um den Kopf geschlungen hatte. Und Marie schoss natürlich wieder den Vogel ab mit ihrem Fransen-Kleid, der Federboa und der braunen Lockenmähne.

»Darf ich bitten?«, fragte Franzi, verbeugte sich und reichte Marie den Arm.

Marie nickte gnädig. »Ist mir ein Vergnügen, meine Liebe!«

Kim hakte sich auf der anderen Seite bei Franzi ein und musste kurz kichern. Für einen Augenblick vergaß sie, dass der Anlass des Abends alles andere als komisch war.

Das *Restaurant Roma* war noch vornehmer, als Kim es sich vorgestellt hatte. Zwei Marmorsäulen flankierten den Eingang und hinter den Fenstern blinkte das Tafelsilber mit dem wertvollen Schmuck der weiblichen Gäste um die Wette. Plötzlich verließ Kim der Mut. »Ich glaub, das war doch keine so gute Idee von mir«, murmelte sie.

»Deine Idee war super!« Marie warf sich ihre Federboa über

die linke Schulter. »Und jetzt ist Showtime!« Mit diesen Worten stöckelte sie zielstrebig auf die Tür zu.
»Das wird schon«, raunte Franzi Kim zu. Die gab sich einen Ruck und folgte ihren Freundinnen.
Aber es kam genau so, wie sie es erwartet hatte. Noch vor der Garderobe wurden sie abgepasst. Ein Kellner im schwarzen Anzug musterte sie von oben bis unten und verzog seine schmalen Lippen. »Tut mir leid, dies ist ein Abendlokal. Minderjährige haben keinen Zutritt.«
»Minderjährige?« Marie dehnte das Wort in die Länge und zog ihre linke Augenbraue hoch. »Sie befinden sich im Irrtum, mein Lieber. Wir kommen gerade von den Dreharbeiten zur *Vorstadtwache*. In der Krimiserie spielen wir tatsächlich Minderjährige, aber im wahren Leben sind wir das natürlich nicht. Trotzdem sehr schmeichelhaftes Kompliment von Ihnen, vielen Dank!«
Der Kellner war sichtlich verblüfft und wusste nicht, wie er reagieren sollte.
Da schaltete sich Franzi ein. »Wir hätten gern einen Tisch für drei Personen, bitte.«
Der Kellner reagierte immer noch nicht.
»Liegt das vielleicht im Rahmen Ihrer Möglichkeiten?«, fragte Marie mit dem ungeduldigen Unterton einer gelangweilten Gesellschaftsdame.
Jetzt kam wieder Leben in den Kellner. »Bedauere sehr, die Damen, aber heute Abend ist leider alles reserviert.«
Kim starrte ihn entsetzt an. Waren sie etwa völlig umsonst hergekommen?
Marie hatte nur ganz kurz gezögert, dann änderte sie blitz-

schnell ihre Strategie. »Darf ich fragen, wie Sie mit Vornamen heißen?«
»Äh … Georg«, sagte der Kellner verwirrt.
Marie setzte ihr strahlendstes Lächeln auf. »Lieber Georg! Sie können uns das Leben retten. Wissen Sie warum? Wir haben den ganzen Tag geprobt – ohne Pause – und sind völlig ausgehungert. Wenn wir in den nächsten zehn Minuten keinen Hummer bekommen, werden wir vor Schwäche sterben. Wollen Sie das wirklich, Georg?«
»Natürlich nicht«, sagte der Kellner schnell. Zum ersten Mal erschien ein Lächeln auf seinem Gesicht. »Ich glaube, gerade ist ein Tisch für drei Personen frei geworden. Wenn Sie mir bitte folgen wollen?«
»Na also, geht doch!«, flüsterte Marie Kim und Franzi zu, bevor sie, ganz Diva, mit ihren hochhackigen Schuhen den roten Teppich betrat.
Der Tisch war nicht nur gut, er war perfekt. Von der Erker-Nische im hinteren Teil des Lokals hatten sie einen guten Überblick, ohne selbst gesehen zu werden.
»Darf ich Ihnen vorab einen kleinen Aperitif anbieten?«, fragte der Kellner, jetzt plötzlich formvollendet und freundlich. »Ein Gläschen Champagner vielleicht? Oder unseren Tagescocktail, Prosecco mit pürierten frischen Erdbeeren?«
Kim hatte kein Wort von dem verstanden, was der Kellner gesagt hatte. Sie starrte zum Fenster hinaus auf den Parkplatz. Dort bog gerade ein knallroter Porsche Carrera ein und besetzte die vorletzte Parklücke. Der Fahrer stieg schwungvoll aus dem Wagen, lief zur anderen Seite und öffnete galant die Beifahrertür für seine Begleiterin. Die ent-

stieg dem Porsche wie eine Elfe – in einem atemberaubenden rosafarbenen Seidenkleid mit Wasserfallausschnitt. Beinahe hätte Kim die Frau nicht erkannt, aber es gab keinen Zweifel: Es war niemand anderes als ihre Mutter!

Alte Liebe rostet nicht

Während Marie drei alkoholfreie Roma-Spezial-Cocktails bestellte, konnte Kim den Blick nicht von ihrer Mutter abwenden. Sie sah einfach umwerfend aus!
»Wow!« Auch Franzi schien beeindruckt zu sein. »Deine Mutter könnte glatt eine Filmschauspielerin sein.«
Marie nickte. »Allerdings. Das Kleid steht ihr echt gut.«
Kim bekam keinen Ton heraus. Sie beobachtete, wie Ingo Zürcher ihrer Mutter seinen Arm anbot, wie sie sich mit einem strahlenden Lächeln bei ihm einhakte und beide beschwingt das Lokal betraten. Der Kellner begrüßte sie überfreundlich – offenbar war Herr Zürcher hier Stammgast – und führte sie an einen Tisch ganz in der Nähe der Erker-Nische. Kims Herz begann wie wild zu schlagen und sie duckte sich unwillkürlich. Was, wenn ihre Mutter sie erkannte? Sie würde die Verkleidung doch bestimmt durchschauen, oder? Aber Frau Jülich beachtete die anderen Gäste im Restaurant überhaupt nicht. Sie schien nur Augen für Ingo Zürcher zu haben. Er rückte ihr den Stuhl zurecht und sie ließ sich elegant in das cremefarbene Polster sinken. Ingo Zürcher setzte sich ebenfalls und bestellte eine Flasche Champagner.
Marie pfiff leise durch die Zähne. »Der Typ muss ordentlich Geld haben. Eine Flasche Champagner kostet hier ein kleines Vermögen. Und sein Anzug sieht auch nicht so aus, als käme er von der Stange. Von dem Porsche ganz zu schweigen.«

Kim betrachtete den Begleiter ihrer Mutter. Sie musste zugeben, dass er nicht schlecht aussah. Er war ungefähr so alt wie ihre Mutter, groß und schlank und hatte graue, sehr kurz geschnittene Haare. Er trug einen perfekt sitzenden, anthrazitfarbenen Anzug und dazu ein weißes Hemd ohne Krawatte.

Jetzt lächelte er ihre Mutter an und Kim hörte ihn sagen: »Wie schön, dass es mit unserer Verabredung heute Abend geklappt hat. Du siehst übrigens einfach umwerfend aus, Brigitte.«

Kim sah, wie ihre Mutter leicht errötete. »Ach was, jetzt übertreib mal nicht, Ingo.«

»Doch, doch, das meine ich ganz ernst.« Ingo sah Frau Jülich tief in die Augen.

Kim krallte ihre Finger in die gestärkte Tischdecke, um nicht aufzuspringen und diesem Typen ordentlich die Meinung zu sagen. Was fiel ihm eigentlich ein, ihre Mutter anzubaggern? Immerhin war sie eine verheiratete Frau! Franzi legte beruhigend die Hand auf Kims Schulter, aber Kim bemerkte es kaum. Vor Wut wurde ihr ganz heiß. Ihre Kopfhaut unter der Perücke juckte wie verrückt. Sie hätte sie sich am liebsten vom Kopf gerissen und wäre aus dem Lokal gerannt. Was machte sie eigentlich hier? Sie wollte ihre Mutter so nicht sehen. Und sie wollte Ingo Zürchers schmalzige Komplimente nicht hören!

Frau Jülich strich sich eine Locke hinter das Ohr, während Georg einen Sektkühler mit einer Flasche Champagner brachte und die Gläser füllte. »Ich freue mich auch, mit dir hier zu sein.« Kims Mutter seufzte. »Ich kann dir gar nicht

sagen, wie erleichtert ich bin, wenn die Scheidung endlich über die Bühne ist.«
Ingo nickte bedächtig. »Ja, das ist keine schöne Sache.«
Kims Mutter lächelte ihrem Begleiter zu. »Aber mit deiner Unterstützung wird sicherlich alles glattgehen.«
Kim wurde gleichzeitig heiß und kalt. Es stimmte also tatsächlich! Die Worte ihrer Mutter bohrten sich in ihr Herz. Sie wollte die Scheidung einreichen. Und dieser Ingo sollte ihr dabei helfen. Bestimmt hatte er ihre Mutter gegen ihren Vater aufgehetzt. Er hatte sie mit seinen Komplimenten und seinem vielen Geld komplett eingewickelt. Armer, armer Papa! Gegen so einen reichen Schnösel kam er natürlich nicht an.
Ingo Zürcher hob sein Glas. »Jetzt lass uns erst mal anstoßen, Brigitte. Auf unser Wiedersehen!«
Er beugte sich zu Kims Mutter hinüber. Wollte er sie etwa küssen? Das war zu viel für Kim. Sie sprang so plötzlich auf, dass der gepolsterte Stuhl fast nach hinten gekippt wäre. Franzi versuchte sie festzuhalten, aber Kim war schneller. Dieser fiese Schleimer brauchte dringend eine Abkühlung. Kim brannte darauf, ihm seinen dämlichen Champagner in sein Angeber-Gesicht zu schütten. Sie stürmte zum Tisch ihrer Mutter und funkelte Ingo Zürcher angriffslustig an.
»Sie ... Sie gemeiner ... widerlicher ... aufgeblasener ... Schnösel!«, stammelte sie mit vor Wut verzerrter Stimme.
»Kennst du die junge Dame, Ingo?«, fragte Frau Jülich mit hochgezogenen Augenbrauen.
Kim blinzelte. Die Stimme ihrer Mutter holte sie in die Wirklichkeit zurück. Ihr fiel auf, dass die Gespräche an den

Nachbartischen verstummt waren und einige Gäste neugierig zu ihr hinübersahen. Am liebsten wäre Kim im Erdboden versunken. Wenn sie etwas hasste, dann war es, angestarrt zu werden! Hastig senkte sie den Kopf, sodass die schwarzen Haare ihrer Perücke wie ein Vorhang vor ihr Gesicht fielen. Was, wenn ihre Mutter sie trotzdem erkannte?

Zum Glück wurde Frau Jülich in diesem Moment vom Klingeln ihres Handys abgelenkt. Sie zog es aus ihrer Handtasche und warf einen Blick auf das Display. »Entschuldige mich bitte einen Moment, Ingo«, bat sie und verschwand mit dem Handy am Ohr in Richtung Toiletten.

Kim war so durcheinander, dass sie gar nicht mitbekam, wie Franzi ihrer Mutter unauffällig folgte. Nun tauchte auch noch Georg mit drei Fruchtcocktails hinter ihr auf. »Gibt es ein Problem?«, fragte er Ingo Zürcher mit Blick auf Kim. »Werden Sie von der jungen Dame belästigt?«

Kim bekam weiche Knie. Ihr Hals war wie zugeschnürt und sie wollte nur eins: so schnell wie möglich weg von hier. Aber ihre Beine schienen am Boden festgewachsen zu sein. Wie sollte sie aus dieser peinlichen Nummer wieder herauskommen?

»Von Belästigung kann gar keine Rede sein!« Das war Maries Stimme. Sie stand plötzlich neben Kim und lächelte strahlend in die Runde. »Entschuldigen Sie bitte!«, sagte sie zu Ingo Zürcher. »Aber es handelt sich hier offenbar um eine klitzekleine Verwechslung. Meine Freundin«, sie legte die Hand auf Kims Arm, »hat Sie für den Regisseur von *Lea und die Liebe* gehalten. Er hat sie letzte Woche beim Vorsprechen abblitzen lassen, obwohl sie wahnsinnig gut war. Total unge-

recht! Na ja, und Sie sind ihm zufällig wie aus dem Gesicht geschnitten. Genau der gleiche männlich-markante Typ.«
Ingo Zürchers Gesicht entspannte sich. »Verstehe. Da bin ich ja froh, dass ich noch mal lebend davongekommen bin. Sie sind ziemlich impulsiv, was?«, fragte er Kim.
Marie nickte eifrig und antwortete für ihre Freundin. »Allerdings. Kim … äh … Kimberly ist sehr temperamentvoll. Eine typische Schauspielerin eben. Aber das kennen Sie ja sicher.« Sie verdrehte die Augen.
Ingo lachte. »Nein, leider nicht. Ich bin in einer anderen Branche tätig.«
»Wie dem auch sei, wir müssen jetzt wirklich gehen. Nichts für ungut!« Marie schenkte Herrn Zürcher noch ein strahlendes Lächeln, dann zog sie Kim aus dem Restaurant.

»Mann, das war echt knapp gestern.« Marie lehnte sich auf Kims Sofa zurück und schlug die Beine übereinander. »Fast wären wir aufgeflogen. Was ist nur in dich gefahren, Kim? Sonst bist du doch immer die Ruhe selbst!«
Die drei !!! hatten sich zur Clubsitzung in Kims Zimmer versammelt. Kim saß auf dem Fußboden und machte ein verlegenes Gesicht. »Tut mir leid. Ich weiß, dass ich total unprofessionell war. Aber als dieser schmierige Typ meine Mutter angebaggert hat, konnte ich einfach nicht anders. Ich bin plötzlich total wütend geworden.«
Franzi grinste. »Ja, du warst eine richtige Furie. So sauer hab ich dich noch nie gesehen.« Sie kicherte. »Und was du ihm alles an den Kopf geworfen hast! Ich wusste gar nicht, dass du so ausrasten kannst.«

»Ich auch nicht«, stellte Kim betreten fest. »Im Nachhinein ist mir das so peinlich! Dieses Restaurant werde ich garantiert nie wieder betreten.« Sie seufzte. »Gut, dass Marie wenigstens schnell reagiert hat. Allein wäre ich total aufgeschmissen gewesen. Ich darf gar nicht daran denken, was alles hätte passieren können. Stellt euch nur mal vor, meine Mutter hätte mich erkannt! Oder dieser schnöselige Kellner hätte mich vor die Tür setzen lassen!«
»Ist ja gerade noch mal gut gegangen«, beruhigte Marie ihre Freundin. »Auf jeden Fall können wir uns jetzt ein besseres Bild von diesem Ingo machen.«
Kim sprang auf und setzte sich an ihren Computer. »Ich hab gestern Abend noch ein bisschen im Internet recherchiert, weil ich vor Aufregung nicht einschlafen konnte. Seht euch das an!« Sie tippte eine Internetadresse ein. Neugierig sahen Franzi und Marie ihrer Freundin über die Schulter.
»Ingo Zürcher ist Anwalt!«, rief Franzi überrascht, nachdem sich die Seite aufgebaut hatte.
»Genau«, bestätigte Kim. »Er arbeitet in einer großen Kanzlei. Der Typ scheint echt erfolgreich zu sein.« Sie starrte mit hasserfülltem Blick auf das Porträtfoto von Ingo Zürcher, das gerade in Großformat auf dem Bildschirm erschien.
»Kein Wunder, dass er so viel Kohle hat«, sagte Marie. »Aber wie hat deine Mutter ihn bloß kennengelernt? Ob er für einen ihrer Wohltätigkeitsbasare etwas gespendet hat?«
Franzi schüttelte den Kopf. »Nein, ich glaube, die beiden kennen sich schon viel länger.«
Marie und Kim starrten ihre Freundin verdutzt an.
»Woher willst du das denn wissen?«, fragte Marie.

»Ich bin Frau Jülich doch gestern zur Toilette gefolgt, als du Kim aus der Patsche geholfen hast«, erklärte Franzi. »Sie hat mit einer Freundin telefoniert. Julia oder so ähnlich.«
»Juliane«, verbesserte Kim. »Das muss Juliane Evert gewesen sein, die beste Freundin meiner Mutter.«
Franzi nickte. »Stimmt, so hieß sie. Auf jeden Fall hab ich mitbekommen, wie sie über diesen Ingo geredet haben.«
»Und?«, fragte Kim gespannt. »Was hat Mama gesagt?«
»Na ja …« Franzi wich Kims Blick aus. »Ehrlich gesagt hat sie ziemlich von ihm geschwärmt. Von seinem Aussehen, seinen tollen Umgangsformen und dass er immer so aufmerksam sei …«
Kim verzog das Gesicht. »Hör auf, ich will's gar nicht so genau wissen.«
»Aber das Wichtigste kommt erst noch.« Franzi machte eine spannungsgeladene Pause, dann platzte sie heraus: »Die beiden kennen sich von früher! Wenn ich das richtig verstanden habe, sind sie zusammen zur Schule gegangen. Zumindest meinte deine Mutter, Ingo hätte sich seit dem Abi kaum verändert.«
»Was?«, riefen Kim und Marie gleichzeitig.
Kim sprang auf und lief aufgeregt im Zimmer auf und ab. »Meine Mutter hatte vor zwei Wochen ein Abitreffen. Als sie zurückkam, war sie total aufgekratzt und hat stundenlang von ihren ehemaligen Mitschülern erzählt. Sie hat sogar ihre alte Abizeitung herausgekramt und uns gezeigt. Moment mal!« Kim stürzte aus dem Zimmer. Zwei Minuten später kam sie zurück und schwenkte eine Zeitschrift. »Hier ist sie! Sie lag noch auf Mamas Schreibtisch.«

»Zeig her!«, rief Franzi.

Die drei !!! setzten sich nebeneinander aufs Sofa. Franzi und Marie machten gespannte Gesichter, während Kim die Zeitschrift durchblätterte.

»Da!« Kim zeigte auf ein Schwarz-Weiß-Foto. »Das ist meine Mutter.«

Franzi kicherte. »Was ist denn das für eine komische Frisur? Die Dauerwelle ist wohl nichts geworden, was?«

»Das war früher so Mode«, erklärte Kim. »Hat Mama zumindest behauptet.«

»Auf jeden Fall sieht deine Mutter heute tausendmal besser aus«, stellte Marie fest.

Kim blätterte weiter – und plötzlich stockte ihr der Atem. Auf einer Doppelseite mit Schnappschüssen von verschiedenen Pärchen entdeckte sie ein großes Foto in der Mitte, das von einem Herz eingerahmt wurde. In dem Herz waren ein Junge und ein Mädchen zu sehen, die Wange an Wange auf einer Bank saßen und sich verliebt im Arm hielten.

»Ich fass es nicht!«, hauchte Franzi. »Das sind doch …«

»Frau Jülich und Ingo Zürcher«, beendete Marie den Satz.

Tatsächlich! Kim konnte es kaum glauben, aber es war kein Zweifel möglich. Der Junge an der Seite ihrer Mutter trug zwar einen Pferdeschwanz und eine abgewetzte Jeansjacke, aber es war eindeutig Ingo Zürcher. Unter dem Bild stand in großen Buchstaben: »Das verliebteste Paar der Schule – zum Küssen süß!«

»Mama und Ingo waren also früher schon ein Paar«, sagte Kim tonlos. »Auf dem Abitreffen hat Mama ihn wiedergetroffen und sich neu in ihn verliebt. So muss es gewesen sein.«

»Tja, alte Liebe rostet nicht«, bemerkte Franzi.
Marie warf ihr einen tadelnden Blick zu. Manchmal konnte Franzi wahnsinnig unsensibel sein. Wenigstens machte sie jetzt ein schuldbewusstes Gesicht.
»Wir müssen dafür sorgen, dass deine Mutter sich nicht mehr mit diesem Ingo trifft«, beschloss Marie, um Kim aus ihren trüben Gedanken zu reißen.
»Und wie sollen wir das anstellen?«, fragte Kim. »Es ist alles so hoffnungslos.«
»Keineswegs.« Marie straffte die Schultern. »Deine Eltern müssen wieder mehr Zeit miteinander verbringen und ihre Liebe neu entdecken, dann lässt deine Mutter diesen Anwalt bestimmt sausen.«
»Wie wär's mit einem romantischen Kinoabend?«, fragte Franzi.
»Dass ausgerechnet du das vorschlägst, hätte ich nicht gedacht.« Marie kicherte und Kim musste ebenfalls grinsen. Franzi hielt von Romantik ungefähr so viel wie Kim von Sport – nämlich gar nichts. »Aber die Idee ist nicht schlecht.« Marie überlegte kurz. »Es läuft doch gerade dieser neue Liebesfilm mit Julia Roberts im Kino, wie wär's damit?«
»Super! Meine Mutter liebt Julia Roberts.« Kims Miene hellte sich auf. »Jetzt muss ich nur noch meinen Vater dazu bringen, Mama ins Kino einzuladen. Aber das kriege ich schon hin …«

Lob vom Regisseur

Nachdem die drei !!! die Clubsitzung offiziell beendet hatten, saßen sie noch ein bisschen zusammen und quatschten. Marie erzählte ihren Freundinnen gerade ausführlich vom Vorsprechen im Theater, als plötzlich etwas gegen Kims Zimmertür donnerte. Kim zuckte zusammen und Marie hielt vor Schreck mitten im Satz inne.

»Was war das denn?«, fragte Franzi. »Ein Erdbeben?«

»Nein.« Kims Miene wurde grimmig. »Ben und Lukas.« Sie sprang auf, war mit zwei Schritten bei der Tür und riss sie auf. Da flog ein schmutziger Fußball ins Zimmer. Kim konnte gerade noch rechtzeitig den Kopf einziehen und dem Ball ausweichen. Er prallte gegen die Wand, hüpfte von da aus auf den Schreibtisch, wo er Kims Schulhefte durcheinanderwirbelte, und landete schließlich auf dem Sofa, genau zwischen Marie und Franzi.

»Seid ihr jetzt total verrückt geworden?«, schrie Kim ihre Brüder an, die nun auf der Türschwelle erschienen und auch noch frech grinsten, anstatt sich zu entschuldigen. »Seht nur, was ihr angerichtet habt!« Sie zeigte auf die Hefte, die verstreut am Boden lagen. An einigen klebten Erdklumpen.

Ben zuckte mit den Schultern. »Was können wir dafür, wenn du so unordentlich bist?«

»Genau«, stimmte Lukas sofort zu. »Außerdem hättest du die Tür ja nicht aufmachen müssen.«

Kim biss die Zähne zusammen. Manchmal hätte sie den Zwillingen am liebsten die Hälse umgedreht. Als sie auch

noch anfingen, im Chor »Planschkuh, Planschkuh!« zu rufen, war Kims Geduld restlos aufgebraucht.
»Na wartet, wenn ich euch erwische!« Kim stürzte sich auf die Zwillinge, doch ihre Brüder waren schneller. Sie rannten auf den Flur und wollten sich in ihrem Zimmer verschanzen, aber Kim folgte ihnen und schob im letzten Moment einen Fuß in den Türspalt.
»So, ihr zwei, jetzt könnt ihr euch auf was gefasst machen!« Kim riss die Tür auf – und blieb erstaunt auf der Schwelle stehen. Im Zimmer der Zwillinge herrschte das reinste Chaos. Ben und Lukas waren noch nie besonders ordentlich gewesen, aber so schlimm hatte es bei ihnen noch nie ausgesehen. Der Fußboden war übersät mit roten, herzförmigen Kärtchen, auf denen kurze Nachrichten standen. Dazwischen flogen gelbe Klebezettel herum, die die Zwillinge in ihrer krakeligen Schrift mit verschiedenen Adressen versehen hatten. Außerdem entdeckte Kim ein angebissenes Käsebrötchen, das mit einer grünlichen Schimmelschicht überzogen war, und ihren Lieblings-Kugelschreiber, den sie bereits überall gesucht hatte.
»He, das ist meiner!«, rief sie empört und sicherte den Kugelschreiber. »Wie oft hab ich euch schon gesagt, dass ihr meine Sachen nicht ausleihen dürft?«
Ben sah sie unschuldig an. »Ich kann mich gar nicht daran erinnern. Das müssen wir glatt überhört haben.«
»Ja«, sagte Lukas. »Und jetzt hör du uns mal ganz genau zu: Das ist unser Zimmer. HAU AB!«
Normalerweise blieb Kim sowieso nur so lange wie unbedingt nötig im Zimmer ihrer Brüder, aber heute hielt sie et-

was zurück. Kim starrte auf eine der herzförmigen Karten, auf der in krakeliger Schrift stand: *Für Holger von Marie*. Schnell hob sie die Karte auf und wedelte damit entrüstet vor den Gesichtern ihrer Brüder herum. »Was fällt euch ein, so eine Karte zu schreiben? Marie hat euch doch überhaupt keinen Auftrag gegeben!«
Ben und Lukas klappten ihre Münder auf und zu wie Fische, die man gerade aus dem Meer aufs Boot geworfen hatte.
»Na, wird's bald?«, drängte Kim. »Ich hab nicht ewig Zeit.«
»Aber wir ...«, fing Ben an.
»Das ist alles ganz anders, als ...«, versuchte Lukas zu erklären, kam aber auch über die ersten Worte nicht hinaus.
Kim sparte sich das weitere Gestammel und die fadenscheinigen Entschuldigungen, die sie sich ohnehin viel zu gut ausmalen konnte, und sog hörbar die Luft ein. »Haltet den Mund! Die Karte ist konfisziert, die nehme ich mit. Untersteht euch, so was noch mal zu versuchen, sonst bekommt ihr es mit mir zu tun – und mit Franzi und Marie!«
Mit dieser Drohung ließ sie die verdatterten Zwillinge zurück, rauschte in ihr Zimmer und drehte zweimal den Schlüssel herum. »Stellt euch vor, Ben und Lukas haben einfach eine Valentinskarte für Holger von Marie geschrieben!«
»Jetzt sind sie zu weit gegangen!« Franzi stand auf und ballte die Fäuste. »Ich glaube, ich muss mir diese Bengel mal persönlich vornehmen, und zwar sofort!«
Marie drückte sie energisch aufs Sofa zurück. »Du wirst gar nichts tun, weil Ben und Lukas ausnahmsweise völlig unschuldig sind.«
»Was?«, rief Kim. »Du machst Witze.«

»Nein.« Ein Schatten huschte über Maries Gesicht. Auf einmal sah sie ernst und traurig aus. »Ich hab den beiden den Auftrag gegeben.«
Kim und Franzi verstanden die Welt nicht mehr. »Du hast *was?*«, fragte Franzi. »Aber ich dachte, der Valentinstag fällt dieses Jahr bei dir und Holger aus!«
Marie seufzte. »Vielleicht fällt er doch nicht aus, weil …« Sie holte tief Luft und dann erzählte sie von Holgers versöhnlichen Worten per SMS. »Und gestern Abend haben wir telefoniert. Er war total süß. Er hat gesagt, dass ich das tollste Mädchen bin, das ihm je begegnet ist, und dass er Tag und Nacht an mich denkt und … dass er immer noch total verliebt in mich ist.« Sie musste kurz schlucken, bevor sie den nächsten Satz sagen konnte. »Ich hab mich so gefreut, wirklich, und ich hab beteuert, dass es mir genauso geht, obwohl ich mir gar nicht mehr sicher bin, ob das überhaupt stimmt … Irgendwas ist passiert mit unserer Beziehung, irgendwas hat sich verändert, ganz langsam und schleichend. Tja, also, um es kurz zu machen: Ja, ich hab eine Valentinskarte für Holger bestellt!«
»Aber das ist doch wunderbar!«, rief Kim. »Wir haben dir doch gleich gesagt, dass du eurer Beziehung noch mal eine Chance geben solltest.«
Auch Franzi lächelte erleichtert. »Ich drück dir ganz fest die Daumen! Das wird schon wieder.«
Marie lächelte zurück, aber tief in ihrem Herzen nagten die Zweifel weiter. Würde eine Valentinskarte wirklich alles ändern? Konnte so ein lächerliches Stück Papier ihre angeschlagene Beziehung retten? Während sie sich mit diesen Fragen

quälte, nahm sie die Valentinskarte in die Hand und drehte sie zwischen den Fingern. Auf der Rückseite, über dem Text, den Marie persönlich formuliert hatte, klebte ein gelber Zettel mit der Adresse des Empfängers. Marie sah genauer hin und stutzte.

Da hatte Kim es auch gesehen. »Was steht da? Neustadt? Die Adresse ist ja völlig falsch.«

»Stimmt.« Marie runzelte die Stirn. »Dabei hab ich Ben und Lukas Holgers Adresse in Billershausen extra in Druckbuchstaben aufgeschrieben.«

Kim grunzte. »Deutsch war noch nie ihre Stärke und Logistik schon dreimal nicht. Bei dem Chaos, das sie mit den Valentinskarten in ihrem Zimmer veranstaltet haben, wundert es mich überhaupt nicht, dass sie die Adressen vertauscht haben.«

»Zum Glück haben wir es rechtzeitig gemerkt«, sagte Franzi. »Ich geh schnell rüber und geb ihnen Bescheid.«

Kim schüttelte den Kopf. »Lass nur, das mach ich lieber selber. Ich muss mich sowieso noch bei den beiden entschuldigen.« Sie konnte es nicht ertragen, wenn andere Menschen ungerecht behandelt wurden, und wollte die Sache so schnell wie möglich in Ordnung bringen.

Als sie ins Zimmer ihrer Brüder kam, saßen die zwei auf dem Boden und waren gerade dabei, das Chaos zu sichten, wobei sie es nur noch schlimmer machten.

»Tut mir leid, dass ich euch verdächtigt habe … wegen Marie«, sagte Kim. »Ich hab mich getäuscht. Sorry!«

Lukas streckte ihr die Zunge raus und Ben rief: »Schleimkuh, Schleimkuh!«

Kim ignorierte die Gemeinheit. »Danke, dass ihr meine Entschuldigung so freundlich annehmt! Ach, und noch was: Die Adresse ist falsch. Marie hat euch die richtige Adresse von Holger noch mal aufgeschrieben. Wenn ihr schon so einen professionellen Valentins-Service aufzieht, müsst ihr ein bisschen besser aufpassen, sonst steigen euch die Kunden aufs Dach.«

»Raus!«, brüllten Ben und Lukas im Chor.

Kim zuckte die Achseln. »Ich hab euch gewarnt. Nicht dass ihr euch hinterher bei mir ausheulen wollt.« Damit überließ sie ihre Brüder wieder dem Chaos.

Auf dem Weg zur ersten Theaterprobe überlegte Marie hin und her, ob es wirklich die richtige Entscheidung gewesen war, Holger eine Valentinskarte zu schicken. Vielleicht war der Fehler der Zwillinge ja ein Zeichen gewesen? Vielleicht hatte dieses Zeichen sie gewarnt, eine Liebeserklärung abzuschicken, hinter der sie nicht voll und ganz stand. Warum hatte sie nur bei ihrem Text so übertreiben müssen? Ein bisschen weniger Kitsch hätte es auch getan, aber sie musste ja unbedingt schreiben:

Liebster Holger!
Weißt du, wie lieb ich dich hab? Noch viel, viel mehr als die 25 Kilometer, die uns trennen. Ich hab dich lieb vom Anfang der Welt bis zum Ende!
Für immer und ewig dein Valentine,
Marie

Aber jetzt war es zu spät. Sie hatte das Zeichen übersehen, und das Schicksal würde seinen Lauf nehmen. Spätestens am Valentinstag würde sie merken, ob sie den größten Fehler ihres Lebens gemacht oder die beste Entscheidung ihres Lebens getroffen hatte.

Mit diesen schweren Gedanken stieg Marie die ausgetretenen Steinstufen zum *Theater im Hinterhof* hoch und schwor sich, alle verwirrenden Gefühle hinter sich zu lassen, sobald sie die Tür zum Foyer geschlossen hatte.

Leider warteten hinter der Tür im Foyer bereits neue, fast genauso verwirrende Gefühle. Aufgeregte Schauspielschüler liefen an Marie vorbei, dazwischen Sandra und Theo, die beiden anderen Statisten, und sofort fing Maries Herz wie verrückt an zu schlagen. Lampenfieber! Es kam immer dann, wenn sie nicht damit rechnete. Marie wusste zwar, dass es nur so lange anhalten würde, bis sie auf der Bühne stand. Ab dem Moment hatte sie wieder alles unter Kontrolle. Trotzdem hätte sie liebend gern auf die Qualen davor verzichtet, aber die gehörten anscheinend dazu. Sogar die berühmtesten Schauspieler gaben zu, Lampenfieber zu haben, Marie war also in bester Gesellschaft.

Den Weg zur Künstler-Garderobe brauchte Marie nicht zu suchen. Sie musste einfach nur den anderen folgen, die alle in eine Richtung strömten. Marie reckte den Kopf und hielt nach Adrian Ausschau, aber er war nirgends zu sehen. Vielleicht war er ja schon auf der Bühne.

Marie beeilte sich und legte schnell ihren Mantel und den XXL-Schal ab. Ein kurzer Griff ins Haar, eine kleine Lipgloss-Auffrischung, schon war sie fertig. Die Kostümproben würden erst später beginnen, noch konnten die Schauspieler ihre normalen Alltagsklamotten tragen. Marie hatte natürlich nicht irgendetwas übergeworfen. Sie trug eine blaue Seidenbluse und eine schlichte schwarze Hose mit hoher Taille. Nichts sollte heute von ihrem Spiel ablenken. Ein allerletzter Blick in den Spiegel. Jetzt war Marie bereit und ging zum Bühneneingang. Im Scheinwerferlicht stand ein Paar mit Textbüchern in den Händen.

»Ich werde dir geben, was ich kann«, sagte Adrian zu einer attraktiven jungen Frau mit langen, schwarzen Haaren. »Das ist nicht viel. Ich werde dich nicht lieben: Ich kenne dich zu genau.«

»Begehrst du mich?«, fragte die Frau.

Adrian sah ihr tief in die Augen. »Ja.«

Die Frau erwiderte seinen Blick, dann prustete sie plötzlich los. »Mehr … hihi …. mehr will ich gar nicht«, brachte sie kichernd heraus und ließ ihr Textbuch sinken. »Entschuldige, Adrian, aber der Satz ist einfach zu komisch. Estelle sagt genau das Gegenteil von dem, was sie denkt. Natürlich will sie, dass Garcin sie liebt!«

Adrian legte die Arme um seine Mitspielerin und rollte mit den Augen. »Ja, willst du das, Lola? Willst du, dass ich dich liebe?«

»Hör auf!« Lola schüttete sich aus vor Lachen.

Jetzt konnte Adrian sich auch nicht mehr zurückhalten. Sein Lachen kam tief aus der Brust und war unheimlich ansteckend. Marie fing ganz automatisch auch an zu lächeln. Dabei wurde ihr richtig warm ums Herz. Adrian schien nicht nur ein guter Schauspieler zu sein, er hatte auch einen wunderbaren Humor. Ziemlich perfekte Mischung! Wenn er mit ihr doch auch mal so herumalbern würde wie mit dieser Lola …

»Runter von der Bühne, ihr zwei Turteltauben!«, rief Walter.

»Sofort!«, sagte Adrian, reichte Lola elegant die Hand und half ihr bei den Stufen.

Als sie ihn lachend ansah, spürte Marie wieder den winzigen Stachel in ihrem Herzen, der sich dort eingenistet hatte, seit Holger ihr fremd geworden war.

»Kommt, kommt, Leute!«, drängte der Regisseur. »Alle zu mir, bitte!«

Er klang ziemlich ungeduldig und Marie folgte lieber seinen Anweisungen.

»Hallo zusammen!«, sagte Walter, als sich alle um ihn versammelt hatten. »Heute geht es also richtig los. Ich hoffe, wir werden eine schöne, produktive Probenarbeit haben. Aber ihr wisst ja, dass ich kein Freund von vielen Worten bin. Lasst uns gleich anfangen – mit der ersten Szene, in der Garcin als Erster die Hölle betritt beziehungsweise diesen Salon, der zunächst ja ganz harmlos wirkt. Adrian und alle vier Kellner bitte auf die Bühne!«

Maries Puls fing an zu rasen, als sie mit den anderen die Stufen zur Bühne hochstieg.

»Die Kellner stellen sich bitte hintereinander auf«, sagte Walter. »Der Hauptkellner ganz vorne, neben ihm Adrian, und dann kommen Sandra, Theo und Marie. In dieser Reihenfolge, wenn's geht. Ja, sehr schön!« Walter betrachtete prüfend die Aufstellung und nickte zufrieden. »So, und jetzt

geht ihr einfach in den Salon hinein. Ganz normal, als ob ihr eure Wohnung betreten würdet. Okay?«
»Okay«, sagte Marie und die anderen nickten.
»Und los!«, rief Walter.
Der Hauptkellner und Adrian setzten sich in Bewegung. Sandra und Theo folgten ihm. Sie machten extra große, vornehme Schritte. Marie wurde unsicher. Sollte sie auch so gehen? Aber das sah doch albern aus! Schließlich entschied sie sich, die beiden nicht nachzumachen.
»Halt, stopp, was soll denn das?«, unterbrach der Regisseur. »Sandra, Theo, seid ihr hier die neuen Topmodels auf dem Laufsteg, oder was?«
Aus dem Zuschauerraum kam lautes Gelächter. Sandra wurde rot und Theo knetete verlegen seine Hände.
Walter stöhnte. »*Normal,* hab ich gesagt! Macht es so wie Marie, die war am besten von euch. Marie, könntest du den anderen bitte zeigen, wie du gerade gegangen bist?«
»Ich?« Marie spürte, wie plötzlich alle Blicke auf ihr ruhten, und sagte schnell: »Ja, klar!« Dann versuchte sie, die anderen wegzublenden und so zu gehen, wie sie es im Alltag tat.
»Sehr gut, bravo!« Der Regisseur nickte ihr anerkennend zu. »Das solltet ihr euch alle hinter die Ohren schreiben. Keine Faxen auf der Bühne, keine Übertreibungen! Und weiter, bitte!«
Marie wuchs vor Stolz ein paar Zentimeter. Als ihr Adrian auch noch zuzwinkerte, konnte sie nicht anders, sie musste einfach strahlen. Gleich in der ersten Probe ein Lob vom Profi-Regisseur, davon hatte sie immer geträumt!
Nach dem fünften Durchlauf war Walter zufrieden mit dem

Auftritt der Kellner. Danach mussten Marie, Sandra und Theo nicht mehr viel tun. Sie sollten sich gegenüberstehen und stumm geradeaus starren. Das klappte sofort und sie durften wieder abtreten.
Erst war Marie traurig, dass sie nicht mehr auf der Bühne sein konnte, aber schon bald freute sie sich. So konnte sie nämlich in aller Ruhe Adrian beobachten. Er und Lola spielten noch mal die Szene, die sie bereits vorher geprobt hatten. Diesmal allerdings im Sitzen, auf einem blauen Sofa, dem ein rotes und ein grünes Sofa gegenüberstanden.
Und diesmal blieb Lola ernst. »Mehr will ich gar nicht«, sagte sie und verschlang Adrian dabei mit den Augen.
»Also ...«, sagte Adrian und beugte sich zu Lola hinüber. Immer näher rückte er auf dem Sofa zu ihr hin, jetzt berührten sich ihre Oberkörper, jetzt ihre Gesichter. Das Knistern wurde immer unerträglicher.
Marie spürte plötzlich einen Hustenreiz im Hals, den sie nicht unterdrücken konnte. Die knisternde Spannung zerplatzte wie eine Seifenblase.
»Für den Anfang gar nicht schlecht«, sagte Walter. »Aber ihr müsst unbedingt darauf achten, dass ...«
Den Rest hörte Marie nicht mehr, weil neben ihr eine Schauspielschülerin der anderen zuflüsterte: »Also, wenn da nichts läuft zwischen den beiden, fress ich einen Besen!«

»Warte doch!«, rief Adrian und nahm immer zwei Treppenstufen auf einmal, bis er vor Marie stand. »Meine innere Stimme hat mir gerade zugeraunt, dass wir denselben Heimweg haben. Meinst du, ich kann ihr vertrauen?«

Marie lachte. »Ich denke schon. Aber ich muss dich warnen: Ich wohne in einem Haus mit ganz schrecklichen Nachbarn. Die machen dauernd ätzenden Lärm.«
Adrian nickte eifrig. »Manche Leute sind wirklich so was von rücksichtslos, unmöglich!«
Marie musste schon wieder lachen. Kaum zu glauben, dass sie Adrian noch vor wenigen Tagen unausstehlich gefunden hatte. Sonst konnte sie neue Leute immer ziemlich gut einschätzen, aber diesmal hatte ihr Bauchgefühl sie gründlich getäuscht.
Adrian versenkte die Hände in den Hosentaschen und schlenderte lässig neben ihr her. »Das heißt, du bist nicht mehr sauer auf mich?«
Marie schüttelte den Kopf. »Nein. Schwamm drüber. Ich glaube, ich war auch nicht besonders nett zu dir an dem Abend.«
»Ehrlich gesagt hatte ich die ganze Zeit Angst, dass du dir die grüne Gespenstermaske runterreißt und sie mir ins Gesicht schleuderst«, sagte Adrian.
»So was Gemeines würde ich nie tun!«, beteuerte Marie.
»Dann bin ich ja beruhigt.« Adrian sah sie lächelnd von der Seite an. »Jetzt, wo wir unseren Streit begraben haben, möchte ich dich gern einladen – zum Abendessen, am Samstag so gegen sieben. Dann kannst du gleich meine beiden Mitbewohner kennenlernen. Hast du Lust?«
»Klar«, sagte Marie und merkte, dass sie schon wieder anfing zu strahlen. Manchmal war das Leben voller Überraschungen!

Alles ganz harmlos?!

»Und? Was gibt's Neues?« Marie ließ sich auf das Sofa im *Café Lomo* fallen und winkte der Bedienung, um sich einen *Kakao Spezial* zu bestellen. Sie brauchte jetzt unbedingt etwas zum Aufwärmen. Draußen war es bitterkalt, und Marie waren auf dem Weg zum Clubtreffen fast die Finger abgefroren, weil sie in der Eile ihre Handschuhe vergessen hatte.
»Schön, dass du auch noch kommst«, bemerkte Franzi spitz. Sie hasste es, wenn Marie sich verspätete, dabei war sie selbst auch nicht gerade die Pünktlichste.
»Sorry, aber ich hatte noch eine Extrastunde Schauspielunterricht«, erklärte Marie ungerührt. »Ich will mich so gut wie möglich auf meine Rolle vorbereiten.«
Kim rutschte unruhig auf ihrem Sessel hin und her. Marie sah ihr an der Nasenspitze an, dass sie etwas Wichtiges zu erzählen hatte. Und da platzte sie auch schon damit heraus: »Ich hab meinen Vater tatsächlich dazu gebracht, zwei Kinokarten für den Liebesfilm mit Julia Roberts zu kaufen!« Sie machte ein triumphierendes Gesicht. »Morgen Abend gehen er und Mama aus. Erst in ein Restaurant zum Essen und danach ins Kino. Das haben sie seit Ewigkeiten nicht mehr gemacht. Ich soll währenddessen auf die Zwillinge aufpassen.«
»Und wie hat deine Mutter auf die Einladung reagiert?«, wollte Franzi wissen.
»Ich glaube, sie war total überrascht.« Kim grinste. »Sie hat dreimal nachgefragt, ob mein Vater es tatsächlich ernst meint.

Eigentlich findet er kitschige Liebesfilme nämlich total langweilig. Aber dann hat sie sich gefreut.«
»Na also!« Marie machte ein zufriedenes Gesicht. »Das klingt doch prima. Wir sind auf dem richtigen Weg. Deine Eltern haben bestimmt einen superromantischen Abend und dieser Ingo kann sehen, wo er bleibt.«
Kim seufzte. »Hoffentlich.«
Da kamen auf einmal Ben und Lukas ins Café. Ben trug einen großen Karton, den er auf einem freien Tisch in der Ecke abstellte. Während er stapelweise herzförmige Valentinskarten und gelbe Adress-Aufkleber auf den Tisch legte, ging Lukas herum und verteilte signalrote Werbezettel. Als er zur Sofaecke kam, streckte er Kim die Zunge raus und ließ einen Zettel auf ihren Tisch fallen. Dann kehrte er zu seinem Bruder zurück.
Marie sah ihm nach und grinste. »Ganz schön geschäftstüchtig, deine Brüder.« Sie schwenkte den roten Zettel, auf dem derselbe Text stand wie auf dem Aushang am Schwarzen Brett. »Ich finde, die beiden machen das gar nicht mal schlecht.«
»Stimmt«, musste Kim zugeben. Sie beobachtete erstaunt, wie mehrere Gäste aufstanden und sich von den Zwillingen ihr Valentinsangebot erklären ließen. Ein paar füllten daraufhin tatsächlich Herzkarten und Adressaufkleber aus. Bald war der Tisch von einer Menschentraube umgeben. Ben und Lukas hatten alle Hände voll zu tun, Karten zu verteilen, Adresszettel draufzukleben und Geld in Empfang zu nehmen. Sie hatten sogar eine Kasse mit Wechselgeld dabei.

»Nutzt dieses einmalige Angebot!«, krähte Ben. »Unsere Valentinsaktion kann eure Beziehung retten – oder euer Single-Dasein beenden. Ab drei Rosen gibt's Mengenrabatt!«
Franzi lachte. »Mengenrabatt – das ist gut!« Plötzlich stutzte sie. Eine bekannte Gestalt hatte das Café betreten. Benni! Sie wollte ihm schon zuwinken, da sah sie, wie er zu den Zwillingen hinüberging.
Kim hatte ihn ebenfalls entdeckt. »Was macht denn Benni da?«
»Keine Ahnung.« Franzi reckte den Hals. »Er scheint sich für die Valentinsaktion zu interessieren.«
»Tatsächlich!« Marie nahm einen Schluck von ihrem Kakao, den die Kellnerin inzwischen gebracht hatte. »Seht mal, jetzt füllt er sogar eine Karte aus.«
Franzi runzelte die Stirn. »Für wen die wohl ist? Für mich bestimmt nicht, wir wollen uns ja dieses Jahr nichts zum Valentinstag schenken.«
»Frag ihn doch einfach«, schlug Kim vor. »Ich glaube, er kommt rüber.«
Benni hatte Lukas ein paar Münzen in die Hand gedrückt und die drei !!! entdeckt. Lächelnd kam er auf die Sofaecke zu.
»Sag mal, für wen hast du denn gerade eine Rose bestellt?«, fragte Franzi statt einer Begrüßung. Sie kam gerne schnell auf den Punkt.
»Hallo erst mal.« Benni nickte Marie und Kim zu. Dann grinste er Franzi an. »Das würdest du wohl gerne wissen, was?«
»Allerdings!« Auf Franzis Stirn bildete sich eine steile Falte. Sie fand die Sache gar nicht witzig.

»Tja, ich muss dich leider enttäuschen.« Benni machte ein bedauerndes Gesicht. »Das geht dich nämlich ausnahmsweise gar nichts an.«
Franzi schnappte nach Luft. »Na, hör mal! Du kannst doch nicht einfach …«, begann sie, aber Benni ließ sie nicht ausreden.
»Doch, ich kann. Du solltest nicht immer so neugierig sein.« Er warf Franzi eine Kusshand zu. »So, jetzt muss ich los. Ich will noch eine Runde skaten, bevor es dunkel wird. Außerdem sind eure Clubtreffen ja streng geheim, da will ich natürlich nicht stören.« Er winkte noch einmal in die Runde, dann verließ er pfeifend das Café.
Franzi sah ihm verdattert nach. »Ich glaub's einfach nicht …«, murmelte sie fassungslos.
Kim lachte. »Der hat's dir ganz schön gegeben, was? Mach dir nichts draus, ist bestimmt alles ganz harmlos.«
Franzi zuckte mit den Schultern. »Kann mir ja eigentlich auch egal sein, wem er eine Rose zum Valentinstag schenkt. Wir sind schließlich nicht mehr zusammen.«
Marie und Kim wechselten einen Blick. Franzis Gesicht sprach Bände. Es war ihr eindeutig alles andere als egal.
»Sag mal, Marie, wie war denn die Probe gestern?«, fragte Kim, um ein anderes Thema anzuschneiden und Franzi abzulenken.
»Super!« Marie strahlte über das ganze Gesicht. »Es hat total viel Spaß gemacht, und stellt euch vor: Der Regisseur hat mich sogar gelobt. Gleich bei der allerersten Szene!«
»Glückwunsch!« Kim lächelte Marie zu.
»Hinterher bin ich mit Adrian nach Hause gegangen«, er-

zählte Marie weiter. »Wir haben uns richtig nett unterhalten und er hat mich für morgen zum Abendessen in seine WG eingeladen …«

»Moment mal!«, unterbrach Franzi ihre Freundin. »Reden wir von dem Adrian, der dich mit seinem Umzugs- und Partylärm fast in den Wahnsinn getrieben hat? Meinst du etwa Adrian, den nervigen Nachbarn?«

»So nervig ist er gar nicht«, widersprach Marie. »Eigentlich ist er sogar ziemlich sympathisch. Ich hab ihn am Anfang total falsch eingeschätzt.«

»Aha.« Kim grinste vielsagend.

»Wenn er vernünftige Klamotten anhat, sieht er sogar richtig gut aus.« Marie stockte kurz. »Allerdings könnte er die Haare ein bisschen kürzer tragen. Auf jeden Fall ist er ein super Schauspieler. Ich hab richtig Gänsehaut gekriegt, als er auf der Bühne stand. Und er hat einen tollen Humor. Wir haben uns auf dem Rückweg schlapp gelacht. So gut hab ich mich schon lange nicht mehr unterhalten …«

»Soso.« Franzi zog eine Augenbraue hoch. »Klingt ja fast so, als wäre dieser Adrian der absolute Traumtyp. Was sagt denn Holger zu der Einladung? Hast du ihm schon davon erzählt?«

Marie machte ein verärgertes Gesicht. »Warum sollte ich? Er muss ja nicht alles wissen. Außerdem geht es doch nur um ein zwangloses Abendessen unter Nachbarn. Völlig harmlos.«

»Ja, klar. Völlig harmlos.« Kim und Franzi zwinkerten sich zu. Dann prusteten sie los.

Marie verdrehte die Augen. Manchmal konnten ihre Freundinnen wirklich wahnsinnig albern sein.

Um kurz vor sieben am Samstagabend legte Marie gerade letzte Hand an ihr Make-up, als ihr Handy klingelte.
»Ausgerechnet jetzt!«, zischte sie unwillig und presste ihre erdbeerroten Lippen auf ein Papiertuch, wo sie einen farbigen Abdruck hinterließen. Dann zog sie das Handy aus der Tasche ihres dunkelbraunen Strick-Minikleids. »Hallo?«
»Hallo, mein Schatz! Stör ich gerade?« Holgers Stimme drang an ihr Ohr.
»Nein, überhaupt nicht«, log Marie. »Hab ich ein Telefon-Date verschwitzt? Wir waren doch heute gar nicht zum Telefonieren verabredet, oder?«
»Ich kann doch auch mal spontan anrufen.« Holger klang etwas beleidigt, aber er fing sich sofort wieder. »Ich wollte dich etwas Wichtiges fragen.«
Marie verteilte mit der freien Hand einen Hauch Glitzerpuder auf ihren Wangenknochen. »Was gibt's denn?«
»Ich hab mir was überlegt«, begann Holger. »Was hältst du davon, wenn wir am Valentinstag etwas ganz Besonderes machen?«
Marie stellte die Puderdose weg und zupfte ihre Haare zurecht. »Ich weiß nicht. Kommt drauf an, was«, wich sie aus. An den Valentinstag hatte sie seit Beginn der Theaterproben keinen Gedanken mehr verschwendet. Sie hatte einfach andere Dinge im Kopf gehabt. Das Stück zum Beispiel. Und Adrian …
»Ich wollte dich zu einer Rodelpartie einladen«, sagte Holger eifrig. »Es gibt ganz in der Nähe von Billershausen einen tollen Rodelhang mitten im Wald. Und nächste Woche soll es Schnee geben. Viel Schnee. Hinterher trinken wir bei mir

einen heißen Kakao und wärmen uns gegenseitig. Was meinst du?«
Marie musste lächeln. »Klingt verlockend. Ich wusste gar nicht, dass du so romantisch bist.«
»Ich bin der größte Romantiker von Billershausen«, versicherte Holger.
»Na, das will ja nicht viel heißen«, konterte Marie trocken. Sie warf einen Blick auf die Uhr. Mist, sie würde zu spät zu Adrian kommen! Und die Nägel hatte sie sich auch noch nicht lackiert. »Hör mal, ich muss Schluss machen.«
»Was ist denn jetzt?«, hakte Holger nach. »Kann ich mit dir rechnen?«
Marie ließ sich auf dem Badewannenrand nieder und überlegte kurz. Eigentlich hatte sie den Valentinstag innerlich schon abgehakt. Doch eine Rodelpartie im Wald war bestimmt superromantisch. Es war wirklich süß von Holger, sich so etwas auszudenken. Wenn sie dieses Versöhnungsangebot ausschlug, war er garantiert beleidigt. »Okay, ich komme. Auch wenn du eigentlich dran wärst, mal wieder zu mir zu fahren.« Marie kannte die Strecke nach Billershausen inzwischen in- und auswendig. Der blöde Bus brauchte immer eine halbe Ewigkeit, was echt nervig war.
»Du wirst es nicht bereuen«, versprach Holger. »Warum hast du es denn so eilig? Hast du heute Abend noch was vor?«
»Ach, nichts Besonderes«, sagte Marie schnell. »Es ist nur … wir wollen gleich essen.«
»Dann will ich dich nicht länger aufhalten. Guten Appetit«, wünschte Holger.
Marie beendete das Gespräch mit gemischten Gefühlen. Sie

hatte zwar nicht direkt gelogen, trotzdem hatte sie ein schlechtes Gewissen, weil sie Holger nichts von Adrian erzählt hatte. Ein weiterer Blick auf die Uhr beendete ihre Grübeleien. Schon zehn nach sieben! Marie sprang auf und begann, in ihrem Schminkschränkchen nach dem zum Lippenstift passenden Nagellack zu suchen.

Zehn Minuten später schwebte Marie in einer Wolke aus Maiglöckchenduft die Treppe hinunter. Ihr Herz klopfte wie verrückt, als sie auf Adrians Klingel drückte. Schnell zupfte sie noch einmal ihr Kleid zurecht, da ging die Tür auch schon auf.

»Hallo, Marie, schön, dass du da bist«, begrüßte Adrian sie lächelnd. »Komm doch rein.«

»Vielen Dank für die Einladung.« Marie ließ sich von Adrian ins Wohnzimmer führen und sah sich neugierig um. Es war natürlich nicht so exquisit eingerichtet wie das Penthaus ihres Vaters, aber Marie fühlte sich trotzdem sofort wohl. In einer Ecke stand ein altes Sofa, das mit einem indianisch gemusterten Überwurf aufgepeppt worden war. Eine zum Couchtisch umfunktionierte Teekiste und zwei kugelrunde Sessel komplettierten die Sitzecke. Auf der anderen Seite war der Essbereich, der aus einem einfachen Holztisch und vier blau angemalten Stühlen bestand. Der Tisch war mit einer weißen Tischdecke und buntem Geschirr für vier Personen gedeckt. »Schön habt ihr's hier«, stellte Marie fest. »Richtig gemütlich.«

»Na ja, die Einrichtung ist ziemlich zusammengewürfelt, aber so ist das eben in einer WG.« Adrian reichte Marie ein

Glas. »Magst du einen Ananas-Cocktail? Hab ich selbst gemixt. Mein Spezialrezept.«

Marie nahm das mit einem Papierschirmchen und einer roten Kirsche garnierte Glas entgegen. »Danke. Sieht klasse aus.«

»Prost!«, sagte Adrian. »Auf gute Nachbarschaft ohne böse Geister und andere Begegnungen der dritten Art.«

Marie grinste. »Wenn ich als Gegenleistung regelmäßig zum Essen eingeladen werde, könnte ich bei den Hausgeistern ein gutes Wort für dich einlegen.« Sie trank einen Schluck. Der Cocktail war wirklich lecker.

»Du bist hier jederzeit herzlich willkommen«, sagte Adrian. »Ich freu mich immer über Besuch – vor allem, wenn er so nett ist wie du.« Der Blick aus seinen braunen Augen verwirrte Marie. Ihr Hals war plötzlich ganz trocken und sie nahm schnell noch einen Schluck von ihrem Cocktail.

»Setz dich doch.« Adrian zeigte auf das Sofa und Marie ließ sich mit weichen Knien darauf nieder. Adrian nahm neben ihr Platz. »Das Essen ist gleich fertig. Heute ist Erik mit Kochen dran. Du hast Glück, er kocht nämlich echt gut – ganz im Gegensatz zu mir.«

»Erik?«, fragte Marie. Ihre Stimme klang rau.

»Mein Mitbewohner«, erklärte Adrian. »Er ist einundzwanzig und studiert Theaterwissenschaften.«

Wie aufs Stichwort erschien ein baumlanger Typ mit dunklen Wuschelhaaren und Nickelbrille in der Wohnzimmertür. Er balancierte ein Tablett mit mehreren Tapas-Schälchen, das er vorsichtig auf dem Esstisch abstellte.

»Hallo, ich bin Erik.« Mit zwei langen Schritten war er beim

Sofa und drückte Maries Hand so fest, dass sie die Zähne zusammenbiss, um nicht aufzuschreien. »Du musst Marie sein, richtig?«

»Stimmt genau.« Marie schüttelte unauffällig ihre Hand aus, nachdem Erik sie wieder losgelassen hatte.

»Es ist angerichtet«, verkündete Adrians Mitbewohner mit einer Verbeugung, die wahrscheinlich galant wirken sollte, aber etwas ungeschickt ausfiel. »Bitte zu Tisch.«

Als Marie sich gerade auf einem der blauen Stühle niederließ, hörte sie lautes Poltern auf dem Flur. Ein paar Sekunden später stürmte eine junge Frau ins Wohnzimmer. Ihre Wangen waren von der Kälte draußen noch leicht gerötet und in ihren langen, schwarzen Haaren glitzerten Schneeflocken wie fein geschliffene Glaskristalle.

»Hallo allerseits!«, rief sie gut gelaunt. »Komme ich etwa zu spät?«

»Keineswegs.« Erik verteilte die Tapas auf die Teller. »Du kommst genau richtig, wie immer.«

Marie starrte die Frau mit offenem Mund an. In ihren Ohren rauschte es, als Adrian lächelnd sagte: »Marie, das ist Lola, unsere Mitbewohnerin.«

Streit um Mitternacht

Lola war die Frau, die in *Geschlossene Gesellschaft* die Estelle spielte. Adrians Mitschülerin aus der Schauspielschule, mit der er vor der Probe geflirtet hatte. Und Lola war der einzige Mensch auf dieser Welt, mit dem Marie auf keinen Fall diesen Abend verbringen wollte, der so wundervoll begonnen hatte. Aber wie so oft im Leben, wenn etwas Unvorhergesehenes passiert, wurde Marie einfach nicht gefragt.
»Ach, hallo!«, sagte Lola, sah Marie flüchtig an und redete ohne Punkt und Komma weiter: »… zwanzig Minuten steh ich also an der Bushaltestelle in der Eiseskälte und der Bus kommt einfach nicht! Ich sag euch, ich war vielleicht sauer! Irgendwann ist es mir zu blöd geworden und ich hab mir ein Taxi genommen. War zwar schweineteuer, aber was soll's! Ein bisschen Luxus muss schon sein ab und zu.« Sie strich sich die Haare hinters Ohr und ließ sich mit einem dramatischen Stöhnen auf den letzten freien Stuhl fallen. »Was gibt's denn heute zu essen? Ich sterbe vor Hunger!«
Erik erklärte umständlich jedes einzelne Tapasgericht, die Zutaten, die er verwendet hatte, und wie er sie verarbeitet hatte. Er war so eifrig bei der Sache, dass er gar nicht merkte, dass ihm keiner zuhörte. Marie, weil sie immer noch wie gelähmt war. Adrian, weil er Lola amüsiert beobachtete. Und Lola, weil sie sofort anfing zu essen und gleichzeitig Adrian verschwörerische Blicke zuwarf.
»Guten Appetit!«, sagte Erik schließlich, setzte sich und griff zur Gabel, um die Tapas stumm in sich hineinzuschaufeln.

»Hach, haben wir es nicht herrlich hier, wir drei Süßen?«, fragte Lola, wuschelte ihren beiden Mitbewohnern kurz durch die Haare und sah dann wieder Adrian an.
Adrian grinste. »Ist echt cool. Ich freu mich jedes Mal, wenn ich abends nach Hause komme.«
»Auf wen freust du dich denn am meisten?«, fragte Lola und klimperte mit ihren schwarz getuschten Wimpern. »Auf Erik oder auf mich?«
»Hmm ...«, machte Adrian. »Kommt ganz darauf an, wie anlehnungsbedürftig ich an dem Tag bin. Auf dem Sofa kuscheln macht mit dir eindeutig mehr Spaß!«
Marie verlor schlagartig den Appetit. Sie konnte sich nur zu gut ausmalen, wie Adrian und Lola ihre Liebesszene im Theaterstück in der WG nahtlos fortsetzten.
»Armer Erik!«, sagte Lola. »Keine Sorge, du kommst schon nicht zu kurz.«
Erik räusperte sich und lächelte Lola verlegen an. »Nein, bestimmt nicht ...«
Je länger sich Adrian, Lola und Erik die Bälle zuwarfen, umso überflüssiger kam sich Marie vor. Sie war es nicht gewohnt, wie Luft behandelt zu werden. Warum hatte Adrian sie überhaupt eingeladen, wenn er sowieso nur mit Lola flirten wollte? Da lief doch was zwischen den beiden, das war sonnenklar. Aber warum hatte Adrian ihr dann vorher nicht gesagt, wer seine Mitbewohnerin war? Spielte er etwa ein doppeltes Spiel?
Marie warf einen unterkühlten Blick in die Runde und sagte eisig: »Schön, dass ihr euch so gut versteht.«
Sofort drehte Adrian sich zu ihr um. »Entschuldige! Wir

Schauspieler haben alle eine Macke: Sobald zwei auf einem Haufen sind, kreisen wir nur noch um uns selbst. Ich hoffe, wir haben dich nicht gelangweilt.«

»Überhaupt nicht«, sagte Marie, ohne mit der Wimper zu zucken. »Soziologische Studien sind mein Hobby, müsst ihr wissen.«

Zum ersten Mal schien Lola sie richtig wahrzunehmen. »Wirklich? Das ist ja interessant. Und was machst du sonst so? Du gehst noch zur Schule, oder?«

Marie nickte. »Aufs Heinrich-Heine-Gymnasium, dort wird großer Wert auf Förderung der Kreativität gelegt. Ich will später nämlich auch Schauspielerin werden.«

»Da hast du dir ja was vorgenommen«, sagte Lola. »Überleg es dir lieber gut, bevor du freiwillig in diese Schlangengrube springst. Schauspielerinnen sind intrigante Zicken, der Konkurrenzkampf ist mörderisch.«

Marie lächelte unbeeindruckt. Lola gehörte garantiert zu den größten Intrigantinnen, die ihre Mitbewerberinnen erst um den Finger wickelten, um ihnen später eiskalt das Messer in den Rücken zu stoßen.

»Marie spielt sehr gut, finde ich«, versuchte Adrian die Stimmung wieder aufzulockern. »Sie hat großes Talent.«

Lola zuckte mit den Schultern. »Mag sein, aber Talent alleine reicht nicht, das weißt du genauso gut wie ich.«

Das war zu viel! Keine Sekunde länger würde sich Marie Lolas Unverschämtheiten anhören. Innerlich kochte sie vor Wut, aber nach außen blieb sie völlig ruhig, stand lächelnd auf und fragte höflich: »Wo kann ich mir denn hier die Hände waschen?«

»Die Toilette ist gleich neben dem Eingang«, sagte Erik.
Mit hocherhobenem Kopf verließ Marie das Wohnzimmer, lief zur Wohnungstür und schlüpfte lautlos ins Treppenhaus. Die ersten Stufen ging sie noch langsam, aber die letzten Meter zum Penthaus rannte sie, während ihr heiße Tränen aus den Augen schossen. Warum hatte sie sich nicht auf ihr erstes Bauchgefühl verlassen? Warum war sie bloß auf Adrian reingefallen?
Zurück in ihrer Wohnung warf sich Marie aufs Bett und heulte so lange, bis sie geschminkt und gestylt, wie sie war, erschöpft einschlief.

Kim war an diesem Abend zwar schon kurz nach den Zwillingen schlafen gegangen, wachte aber immer wieder auf und lauschte, ob ihre Eltern aus dem Kino zurückkamen. Kurz vor Mitternacht bekam sie Durst und lief schnell in die Küche, um sich ein Glas Wasser zu holen. Als sie wieder die Treppe hochging, hörte sie den Schlüssel in der Haustür und die Stimmen ihrer Eltern. Sofort blieb Kim am obersten Treppenabsatz stehen und setzte sich leise auf die Stufen.
Frau Jülich knallte ihren Schlüsselbund auf die Kommode. »Deine ironischen Bemerkungen hättest du dir echt sparen können! Ich konnte mich überhaupt nicht auf den Film konzentrieren.«
Ihr Mann lachte. »Glaub mir, du hast nichts verpasst. Ich hab selten so eine langweilige, vorhersehbare Handlung erlebt. Und erst die Schauspieler! Denen hab ich ihre Gefühle überhaupt nicht abgenommen. Das war alles so aufgesetzt. Da konnte Julia Roberts auch nichts mehr retten.«

»Also, mir hat der Film gefallen!«, sagte Frau Jülich schnippisch.
Herr Jülich lachte wieder. »Das hab ich gemerkt. Du hast ja auch dauernd geheult. Manchmal bist du wirklich sehr emotional.«
Die Stimme seiner Frau klang eisig. »Und du bist manchmal total gefühllos! Du hättest mich ruhig mal drücken können oder einfach meine Hand halten, aber dafür hattest du ja keine Zeit, weil du dauernd deine schlauen Kommentare abgeben musstest.«
Jetzt wurde Herr Jülich zum ersten Mal laut. »Wie bitte? Ich hab mir doch extra für dich Zeit genommen und mir diesen Abend mühsam freigeschaufelt. Wer hat denn die Karten besorgt? Wer hat dich denn zum Essen und zum Kino eingeladen?
»Das ist wieder mal typisch!« Frau Jülich schnappte nach Luft. »Jetzt wirfst du mir auch noch vor, dass ich undankbar bin. Soll ich dir mal was sagen? Andere Männer laden ihre Frauen viel häufiger ein. Das war heute ja die absolute Ausnahme. Sonst verkrümelst du dich doch dauernd in deinen Schuppen und bastelst Tag und Nacht an deinen bescheuerten Kuckucksuhren!«
»Jetzt sag ich dir mal was!«, rief Herr Jülich. »Wir beenden das hier. Keine Sorge, ich belästige dich nicht mehr mit meiner gefühllosen Art! Ich schlafe heute Nacht auf der Couch im Wohnzimmer.« Damit rauschte er an seiner Frau vorbei und lief wütend auf die Treppe zu.
Gerade noch rechtzeitig sprang Kim auf und rannte zurück in ihr Zimmer.

Geheimes Tagebuch von Kim Jülich
Sonntag, 00:15 Uhr

Wer das hier trotz Warnung und ausdrücklichem Verbot von Kim Jülich liest, kann sicher sein, dass er meine Freundschaft für immer verspielt hat. Stell dich jetzt schon mal drauf ein, dass ich dir das Leben zur Hölle machen werde!

Ich hab alles falsch gemacht! Jetzt ist alles noch viel schlimmer, als es sowieso schon war. Kino war die blödeste Idee überhaupt. Ich hätte mir gleich denken können, dass das nicht gut geht: mein Vater, der knochentrockene Realist, und meine Mutter, die Romantikerin. Die Strategie ist voll nach hinten losgegangen. Super, Kim, hast du ganz toll hingekriegt!

Jetzt kann nur noch ein Wunder die Ehe meiner Eltern retten, doch Wunder gibt es leider nicht. Ich *muss etwas tun,* ich *muss es wieder geradebiegen. Aber wie???*

Der Anwalt muss weg, genau, das ist es! Marie, Franzi und ich müssen ihn aus dem Weg räumen, und zwar schnell. Ich könnte ihn umbringen, so wütend bin ich auf ihn!!! Nein, das stimmt nicht, zu einem Mord wäre ich nie fähig.

Ich muss wieder einen klaren Kopf bekommen und tief durchatmen!

So, jetzt geht es besser. Also: Wir stellen Ingo Zürcher zur Rede und machen ihm klar, dass er meine Mutter in Ruhe lassen soll – und zwar für immer.

Am liebsten würde ich sofort losrennen und mir diesen Anwalt vorknöpfen, aber ich fürchte, ich muss bis morgen früh warten. Da fällt mir ein, morgen ist ja Sonntag. Mist! Da ist dieser Zürcher wahrscheinlich gar nicht in der Kanzlei. Oder vielleicht doch? So karrierebesessen und geldgierig, wie der ist, würde ich ihm das glatt zutrauen. Ich muss es versuchen – am besten alleine, bevor ich Marie und Franzi umsonst aus den Betten hole.

»Gibst du mir mal bitte die Butter?«, fragte Frau Jülich betont höflich.

Ihr Mann nickte. »Natürlich, gerne.«

Seit Kim sich mit Ben, Lukas und ihren Eltern an den Frühstückstisch gesetzt hatte, behandelten sich die Erwachsenen wie rohe Eier: kein Wort zu viel und keins zu wenig. Anscheinend hatten sie vereinbart, vor den Kindern den Schein zu wahren. Ben und Lukas merkten natürlich nichts. Wie immer stritten sie sich um die Erdnussbutter und klopften gut gelaunt auf ihren hart gekochten Eiern herum, bis die Schalen in alle Richtungen flogen.

»Hört bitte auf, ihr Lieben, seid so gut«, sagte Frau Jülich nur mit einem milden Lächeln, wo sie sonst mit Sicherheit ausgerastet wäre.

Kim bekam eine Gänsehaut. Die Eiszeit zwischen ihren Eltern war fast noch schlimmer als der heftige Streit gestern Nacht. Solange ein Paar miteinander stritt, sich auseinandersetzte, empfanden die Partner noch etwas füreinander, das hatte zumindest in dem Scheidungsratgeber gestanden. Doch wenn sich erst mal die Gleichgültigkeit ausbreitete, war das der Anfang vom Ende.

Kim schob ihren Teller weg, auf dem unangerührt ihr Mohnbrötchen lag. Hastig griff sie nach ihrem Wasserglas und trank es in einem Zug aus. »Ich muss los.«

Ihr Vater nickte teilnahmslos und faltete die Sonntagszeitung auf.

»Alles klar«, sagte Frau Jülich. Mehr nicht. Sonst wollte sie immer alles ganz genau wissen: mit wem Kim ihre Freizeit verbrachte und wo, wann sie wiederkommen würde und ob sie auch an ihre Schularbeiten gedacht hatte.
Zum ersten Mal vermisste Kim ihre nervigen Fragen. Sie biss sich auf die Unterlippe und versuchte sich nichts anmerken zu lassen. »Also dann, bis später«, sagte sie so normal wie möglich.
»Tschüss, Planschkuh!«, riefen Ben und Lukas im Chor.
Kim lächelte sie an. »Macht's gut, ihr zwei«, sagte sie fast zärtlich. Ihre Brüder waren noch so klein, für sie würde die Scheidung ein riesiger Schock werden. Kim durfte gar nicht daran denken.
»Was ist denn mit dir los?«, fragte Lukas und Ben starrte sie ungläubig an.
»Nichts«, sagte Kim. »Alles okay.« Dabei war nichts okay, gar nichts.
Draußen war es noch kälter als gestern. Ein eisiger Wind wehte Kim entgegen, als sie dick eingepackt in ihren Anorak ins Freie trat. Dunkle Wolken zogen über den Himmel und es roch nach Schnee. Trotzdem verschwand Kims Gänsehaut schlagartig. Im Vergleich zur frostigen Stimmung am Frühstückstisch kam ihr das Winterwetter wie Frühling vor. Erst wollte sie das Fahrrad nehmen, aber dann entschloss sie sich zu laufen. Ein Fußmarsch an der frischen Luft würde ihr guttun.
Die Anwaltskanzlei lag im vornehmen Ostviertel der Stadt, wo viele Promis und Reiche wohnten. Kim hatte sich den Weg auf dem Stadtplan gut eingeprägt. Sie ließ die breiten

Alleen mit den Villen links liegen und bog in eine Geschäftsstraße ein, in der sich ein Bürogebäude an das andere reihte. Die Kanzlei, in der Ingo Zürcher arbeitete, war mit Abstand das eleganteste Gebäude. Die komplette Außenfassade war verglast und wellenförmig angelegt. In der Mitte stand eine abstrakte Bronze-Skulptur, die ziemlich teuer aussah und vermutlich von einem angesagten Künstler stammte. Der Eingang war auf der Rückseite des Gebäudes.
Kim überquerte den Parkplatz und blieb stehen. Ein triumphierendes Lächeln breitete sich auf ihrem Gesicht aus, als sie den einzigen Wagen entdeckte, der dort stand: ein knallroter Porsche Carrera. Kim ballte die Fäuste in den Anoraktaschen und murmelte: »Jetzt kannst du was erleben, Ingo!«

Eine schreckliche Entdeckung

Erste Schneeflocken segelten vom grauen Winterhimmel, als Kim neben dem Eingang Position bezog. Das Gebäude war sonntags natürlich nicht für Besucher geöffnet. Sie wartete, bis ein Mann in einem schwarzen Wintermantel herauskam, und schlüpfte schnell durch die Tür, ehe sie wieder ins Schloss fiel. Kim gelangte in einen großzügigen Eingangsbereich mit einem kleinen Springbrunnen und einem Empfangstresen aus schwarzem Marmor. Die Beleuchtung war ausgeschaltet und die Eingangshalle lag in einem diffusen Zwielicht. Abgesehen vom Plätschern des Springbrunnens war alles still.

Kim schlich sich am Empfang vorbei und spähte in einen langen Flur, von dem mehrere Türen abgingen. Auch hier brannte kein Licht. Kim schluckte. Ihr Herz hämmerte gegen ihre Rippen. Was, wenn sie erwischt wurde? Daran durfte sie gar nicht denken. Aber die altbekannte Angst, die sich in gefährlichen Ermittlungssituationen immer wieder bei ihr einstellte, ließ sich nicht so leicht abschütteln. Ihre Hände waren schweißnass und ihre Knie fühlten sich so weich an, dass sie nicht weitergehen konnte. Kim schloss einen Moment die Augen und redete sich gut zu. Sie musste sich zusammenreißen und die Sache durchziehen – für ihre Eltern. Und für sich selbst und die Zwillinge. Sonst würde es bald keine Familie Jülich mehr geben.

Kim atmete tief durch und setzte vorsichtig einen Fuß vor den anderen. Die meisten Türen standen offen. Dahinter befanden sich geräumige Büros mit schicken Designermöbeln, die alle leer waren. Die meisten Anwälte gönnten sich heute anscheinend einen freien Sonntag. Kim stutzte. Sie kam sich plötzlich beobachtet vor und fuhr herum. Doch es war niemand zu sehen. Gab es hier etwa versteckte Überwachungskameras? Rasch ließ Kim ihren Blick über die Wände und die Decke gleiten. Nichts. Da fiel ihr ein großes Bild am anderen Ende des Flurs auf. Es bestand aus einem riesigen Auge, das Kim anzustarren schien. Kim atmete auf. Daher kam also ihr ungutes Gefühl! Fast hätte sie laut gelacht. Schnell lief sie weiter, an weiteren Büros und Besprechungsräumen vorbei. Wo steckte Ingo Zürcher? Ob sein Arbeitsplatz in einem anderen Stockwerk lag? Doch ganz am Ende des Flurs entdeckte Kim eine geschlossene Tür, unter der ein Lichtschein hindurchsickerte. Bingo! Sie schlich näher, bis sie das kleine Schild neben der Tür lesen konnte:

Dr. Ingo Zürcher
Fachanwalt für Familienrecht

Kim sog scharf die Luft ein. Fachanwalt für Familienrecht! Ingo Zürcher war Scheidungsanwalt! Kein Wunder, dass er ihre Mutter zur Scheidung drängte, das war schließlich sein Spezialgebiet. Aber so weit durfte es nicht kommen. Kim würde diesem Schleimer ordentlich die Meinung sagen. Alles, was sie im Restaurant mühsam zurückgehalten hatte, würde sie ihm nun knallhart an den Kopf werfen.
Kim wollte gerade nach der Türklinke greifen, da hörte sie Schritte hinter sich. Sie klangen laut und bedrohlich in der

sonntäglichen Stille des Gebäudes und kamen viel zu schnell näher. Kim war wie gelähmt. Ihr Herzschlag setzte aus und ihr wurde schwindelig. Gleich würde jemand um die Ecke biegen. Jemand, der sie entdecken und zur Rede stellen würde. Dann müsste sie erklären, was sie hier tat, und alles würde wahnsinnig peinlich werden. Warum hatte sie sich nur auf diese Aktion eingelassen? Warum hatte sie Franzi und Marie nicht um Hilfe gebeten? Nun war sie ganz auf sich gestellt. Niemand würde sie retten. Sie war allein.

Die Schritte waren jetzt ganz nah. Kim blinzelte und plötzlich wusste sie, was sie zu tun hatte. Sie musste sich verstecken, und zwar schnell! In letzter Sekunde sprang sie in einen dunklen Konferenzraum und zog die Tür hinter sich zu. Mit angehaltenem Atem presste sie sich gegen die Wand und lauschte. Die Schritte liefen an der Tür vorbei. Es waren schwere Schritte. Männerschritte. Dann hielten sie an. Kim spürte, wie ihr ein Schweißtropfen den Rücken hinunterlief. Angstschweiß. Sie wagte nicht, auch nur einen Muskel zu rühren. Hatte man sie entdeckt? Würde gleich jemand die Tür aufreißen und sie nach draußen zerren?

Doch stattdessen hörte Kim, wie an eine Tür geklopft wurde. Jemand rief »Herein«, dann ertönten leise Männerstimmen. Kim atmete auf. Sie spähte sogar wagemutig durch den Türspalt. Ein Mann stand auf der Schwelle zu Ingos Büro. Kim konnte ihn nur von hinten sehen. Er trug eine schwarze Hose, ein blaues Hemd und hatte eine Halbglatze. Bestimmt ein anderer Anwalt. Offenbar war Ingo Zürcher doch nicht der Einzige, der sonntags arbeitete. Kim hörte, wie sich die beiden über irgendeinen Mandanten unterhielten.

»Schönen Sonntag noch, Ingo, und mach nicht mehr so lange«, verabschiedete sich der Mann mit der Halbglatze schließlich.
»Keine Sorge, bin gleich fertig«, gab Ingo Zürcher zurück. »Bis morgen, Hermann.«
Die Schritte entfernten sich wieder. Kim wartete sicherheitshalber noch ein, zwei Minuten, bevor sie aus dem Konferenzraum schlüpfte. Die Tür zu Ingos Büro war nur angelehnt. Dahinter raschelte es leise. Dann ertönte wieder Ingos Stimme: »Hallo, ich bin's. Ich wollte nur sagen, dass ich schon fast unterwegs bin.« Offenbar telefonierte er. »Ich fürchte, ich muss den Wagen stehen lassen. Bei dem Schnee bin ich mit dem Porsche aufgeschmissen. Ich komme zu Fuß, es könnte also etwas später werden, okay? Bis gleich!«
Kim dachte blitzschnell nach. Sollte sie Ingo hier und jetzt zur Rede stellen, wie sie es ursprünglich geplant hatte? Oder ihm lieber unauffällig folgen und sehen, was er vorhatte? Vielleicht konnte sie irgendetwas herausfinden, das sich gegen ihn verwenden ließ. Was, wenn er noch eine Geliebte hatte? Diesem Typ traute sie alles zu, und das Telefonat eben hatte ziemlich vertraut geklungen.
Lautlos schlüpfte Kim zurück in den Konferenzraum. Kurz darauf kam Ingo Zürcher aus seinem Büro. Er löschte das Licht und ging pfeifend den Flur entlang. Kim folgte ihm auf leisen Sohlen in die Eingangshalle. Sie war froh, dass sie ihre Lieblingsturnschuhe trug, die beim Gehen fast kein Geräusch machten. Ingo Zürcher verließ das Gebäude und blieb kurz auf dem Parkplatz stehen, um seinem Porsche einen bedauernden Blick zuzuwerfen. Es hatte inzwischen hef-

tig angefangen zu schneien und der Wagen trug eine weiße Schneehaube. Ingo stellte den Kragen seines kamelhaarfarbenen Mantels hoch, zog den Kopf ein und überquerte eilig den Parkplatz.

Kim schlich hinter ihm aus dem Gebäude. Sie zog den Reißverschluss ihres Anoraks zu und sah zum Himmel hinauf. Millionen von Schneeflocken wirbelten ihr entgegen, und das schien sich auch nicht so bald ändern zu wollen. Kim wartete, bis der Anwalt um die nächste Ecke verschwunden war, dann nahm sie die Verfolgung auf.

Der Bürgersteig war glatt und Kim musste höllisch aufpassen, um nicht auszurutschen. Das Schneetreiben war jetzt so dicht, dass sie kaum drei Meter weit sehen konnte. Wenigstens konnte Ingo Zürcher sie nun nicht so leicht entdecken. Nach etwa zehn Minuten bog er in eine Straße ein, die in ein ruhiges Wohngebiet führte. Hier standen kleinere Villen und hübsche Einfamilienhäuser mit gepflegten Gärten. Die Wand aus Schnee lichtete sich wieder ein bisschen und der Himmel wurde etwas heller. Kim wechselte die Straßenseite und vergrößerte den Abstand zu Ingo Zürcher. Hoffentlich wurde er nicht misstrauisch. In dieser Gegend war es schwer, Deckung zu finden und nicht aufzufallen. Außer Ingo und ihr war kein Mensch auf der Straße. Auch die Gärten lagen still und verwaist da. Zum Glück schien der Anwalt sein Ziel fast erreicht zu haben. Er bog in eine Sackgasse ein und verlangsamte seine Schritte. Vor einem modernen Haus, das wie ein weißer Würfel aussah, blieb er stehen. Kim wurde ebenfalls langsamer. Ob hier Ingos Geliebte wohnte?

Da erschienen zwei kleine Gestalten im Vorgarten. Kim

duckte sich hinter einen dunkelblauen Mercedes, der am Straßenrand parkte, und spähte hinüber. Es waren Kinder! Ein Junge und ein Mädchen. Sie trugen bunte Schneeanzüge und dicke Wollmützen und rannten laut johlend auf Ingo zu. Der Junge war vielleicht sieben Jahre alt, das Mädchen schätzte Kim auf fünf. Sie bombardierte Ingo mit Schneebällen, während sich der Junge in seine Arme warf und laut »Hallo, Papa!« rief.

Hinter den Kindern erschien eine hübsche, blonde Frau. Sie begrüßte Ingo Zürcher mit einem Kuss und er legte zärtlich den Arm um sie. Gemeinsam gingen sie ins Haus, während die Kinder begannen, im Vorgarten einen Schneemann zu bauen. Kim wurde übel. Vor ihren Augen drehte sich alles. Sie lehnte sich gegen den Mercedes und versuchte zu verarbeiten, was sie gerade gesehen hatte. Es war alles noch viel schlimmer, als sie gedacht hatte. Ingo Zürcher hatte Kinder! Und eine Frau! Er war nicht nur im Begriff, Kims Familie zu zerstören, sondern auch seine eigene. Der Mann schien wirklich überhaupt keine Skrupel zu haben.

Nach einer Weile ebbte die Übelkeit ab und Kim schaffte es, ihr Handy aus der Jackentasche zu ziehen. Es gab jetzt nur zwei Menschen, die ihr helfen konnten. Mit zitternden Fingern schrieb Kim eine SMS und schickte sie an Franzi und Marie. Die Nachricht bestand nur aus drei Buchstaben: *SOS!*

Detektivtagebuch von Kim Jülich
Sonntag, 19:51 Uhr

Gerade haben wir ein außerplanmäßiges Notfalltreffen in unserem Hauptquartier bei Franzi abgehalten. Die Stimmung war unterirdisch schlecht. Marie war total deprimiert, weil das Abendessen bei Adrian offenbar ein kompletter Reinfall war. Franzi grübelt immer noch darüber nach, ob Benni sich in eine andere verliebt hat, und ich bin sowieso total durch den Wind. Als ich den anderen die Neuigkeiten von Ingo Zürcher erzählt habe, musste ich mir erst mal eine längere Standpauke anhören. Franzi und Marie fanden es unverantwortlich, dass ich ganz alleine losgezogen bin. Natürlich haben sie völlig recht. Das war eine echt bescheuerte Aktion von mir. Ich hab einfach nicht richtig nachgedacht. Nachdem die beiden eine Weile auf mir herumgehackt hatten, war ich so klein mit Hut und hätte fast geheult. Da tat es ihnen wieder leid. Franzi hat extra eine Tafel Schokolade aus der Küche gemopst, um mich aufzuheitern. Aber ich war zu fertig, um zu naschen – und das will bei mir schon was heißen!

Wir haben hin und her überlegt, was wir jetzt machen sollen. Sollen wir Ingo Zürcher am Montag vor der Kanzlei abpassen und mit ihm reden? Doch wenn er wirklich so ein skrupelloser Typ ist, wird er sich kaum von unserer Meinung beeindrucken lassen. Marie hat vorgeschlagen, seiner Frau einen Tipp zu geben. Die weiß ja vermutlich nichts von der Affäre. Aber die Idee finde ich nicht so gut. Was, wenn sie ihn rausschmeißt und er sich von meiner Mutter trösten lässt? Dann haben wir das Gegenteil von dem erreicht, was wir wollten.

Je länger ich darüber nachdenke, desto mehr komme ich zu dem Schluss, dass es nur eine Lösung gibt: Ich muss mit Mama reden und sie direkt auf die Sache ansprechen. Das klingt leicht, ist aber verflixt schwer. Was, wenn Mama gar nicht ahnt, dass ihr Schwarm verheiratet ist und Kinder hat? Am meisten Angst habe ich vor Mamas Reaktion, wenn sie merkt, dass ich Bescheid weiß. Ich habe keine Ahnung, was dann passiert. Wird sie mich anschreien? Weinen? Oder einfach schweigen? Früher dachte ich, ich kenne meine Mutter. Aber jetzt ist alles anders. Heute kenne ich nicht mal mehr mich selbst.

Geheimes Tagebuch von Kim Jülich
Sonntag, 20:44 Uhr
Finger weg von dieser Datei! Mein geheimes Tagebuch geht niemanden etwas an. Wer es trotzdem liest, dem wünsche ich die schlimmste Akne aller Zeiten, Haarausfall, Fußpilz und eine lebenslange Schokoladen-Allergie!
Mein Leben ist zurzeit genauso düster wie dieser Winterabend. Zwischen meinen Eltern herrscht immer noch Eiszeit, ich fürchte mich vor der Aussprache mit meiner Mutter, und Michi ist heute in den Skiurlaub gefahren. Vorher hat er noch mal angerufen, um sich zu verabschieden. Inzwischen ist ihm wieder eingefallen, dass am 14. Februar nicht nur Valentinstag, sondern auch unser Jahrestag ist. Halleluja, was für ein Blitzmerker! Er wollte wissen, ob ich deshalb letzte Woche aus dem Café gerannt bin. Schön, dass er von selbst darauf gekommen ist. Ich war total einsilbig, weil ich immer noch stinksauer bin. Michi hat das natürlich gemerkt. So unsensibel ist er also doch nicht. Er hat sich entschuldigt und gefragt, ob er den Skiurlaub lieber absagen soll. Aber das wollte ich nicht. Er soll nicht aus Mitleid hierbleiben. Wenn ihm unser Jahrestag nichts bedeutet, will ich auch nicht mit ihm feiern. Ob wir uns auch langsam fremd werden, so wie Marie und Holger? Ich dachte, Michi und ich empfinden immer genau dasselbe, aber offenbar habe ich mich getäuscht.

Ich darf gar nicht an nächsten Mittwoch denken. Ein Valentinstag ohne Michi – das ist wie ein Geburtstag ohne Torte. Oder ein Fernsehabend ohne Gummibärchen. Absolut grausam. Wie soll ich diesen Tag nur überleben???

Rosenblätter im Schnee

Der Bus nach Billershausen zockelte gemächlich über die Landstraße. Hier draußen lag noch mehr Schnee als in der Stadt. Er glitzerte auf den Feldern, den Bäumen und den Dächern der Bushäuschen am Straßenrand. Die Sonne schien von einem eisblauen Himmel und verwandelte die Landschaft in ein Wintermärchen. Eigentlich ein perfekter Tag für eine romantische Rodelpartie im Wald. Trotzdem starrte Marie mit gerunzelter Stirn aus dem Fenster und überlegte, ob es wirklich eine gute Idee gewesen war, Holgers Einladung zum Valentinstag anzunehmen. Wenn sie ehrlich war, wäre sie jetzt lieber woanders gewesen. Im Theater zum Beispiel. Auf der Bühne zusammen mit Adrian. Sie stellte sich vor, wie sie die Estelle spielte und Adrian ihr leidenschaftliche Blicke zuwarf. Aber dann schob sich Lolas Gesicht vor die Szene. Sie lachte spöttisch. Adrian auch. Sie lachten Marie aus.

»Nächster Halt: Billershausen!«

Die Stimme des Busfahrers riss Marie aus ihren Gedanken. Sie sprang auf und griff nach ihrem nagelneuen Hightech-Schlitten, den sie zu Weihnachten von ihrem Vater bekommen hatte. Natürlich hatte er das teuerste und beste Modell ausgewählt. Marie hatte den Schlitten bis jetzt noch nicht ausprobiert, die heutige Rodelpartie würde seine Jungfernfahrt werden.

Marie sah Holger sofort, als der Bus in die Hauptstraße von Billershausen einbog. Er stand neben der Haltestelle und hatte die Hände in den Jackentaschen vergraben. Er sah gut aus mit seiner dunkelgrünen Wollmütze, unter der sich ein paar schwarze Haarsträhnen hervorkringelten. Aber gleichzeitig wirkte er auf Marie wie ein Fremder. War das wirklich ihr Freund? Marie seufzte. Sie hatten sich lange nicht gesehen. Zu lange.

»Hallo, Marie!« Holger begrüßte sie mit einem strahlenden Lächeln. Kaum war sie aus dem Bus gestiegen, schlang er seine Arme um sie und drückte sie an sich.

»Au!« Marie spürte einen stechenden Schmerz in der Nähe ihres Herzens und zuckte zurück.

»Entschuldigung, das wollte ich nicht.« Holger zog eine rote Rose aus dem Knopfloch seiner Winterjacke, deren Dornen durch Maries Rollkragenpullover gedrungen waren. »Hast du dir sehr wehgetan?«

»Halb so wild«, sagte Marie. Viel schlimmer als die Dornen der Rose war der Schmerz, der sich seit Wochen wie ein Widerhaken in ihr Herz gebohrt hatte und sich einfach nicht entfernen ließ. »Lieb von dir«, murmelte sie und nahm die Rose vorsichtig entgegen, um sich nicht auch noch die Hand zu zerkratzen. Dann wusste sie nicht, wohin damit, weil sie zum Rodeln keine Tasche mitgenommen hatte.

»Du kannst sie ja an deinem Schlitten befestigen«, schlug Holger vor. »Warte, ich helf dir.« Er ging in die Knie und fädelte die Rose in die Schlaufe am linken vorderen Holm ein. Dabei achtete er sorgfältig darauf, die Blütenblätter nicht zu verletzen.

Marie sah ihm dabei zu und war plötzlich gerührt. Kein Junge, den sie kannte, war so aufmerksam und liebevoll wie

Holger. Er war wirklich etwas ganz Besonderes. Warum war sie nicht das glücklichste Mädchen der ganzen Stadt? Marie unterdrückte einen tiefen Seufzer.

»Fertig!« Holger klopfte sich den Schnee von der schwarzen Skihose und lächelte sie an. Seine grünen Augen schimmerten durch die Reflexion des Schnees, als er leise sagte: »Deine Valentinskarte hat mich echt umgehauen. Erst wollte ich dich sofort anrufen, aber dann dachte ich, ich bedanke mich lieber persönlich bei dir.« Er kam näher und nahm ihr Gesicht in beide Hände. Seine Haut fühlte sich kalt und rau an und plötzlich wurde Marie alles zu viel. Sie drehte den Kopf zur Seite und Holgers Kuss, der eigentlich für ihren Mund bestimmt gewesen war, landete stattdessen auf ihrer Wange.

»Ich glaube, wir sollten lieber losgehen«, sagte sie betont munter. »Mittags soll es wieder schneien. Es könnte sogar einen Schneesturm geben, haben sie heute Morgen im Wetterbericht gesagt.« Den Schneesturm hatte sie spontan dazugedichtet und hoffte bloß, dass Holger nicht auch den Wetterbericht gehört hatte.

»Okay«, sagte er nur. In seiner Stimme schwang Enttäuschung mit, als er losstapfte und in den Waldweg einbog, der zur Rodelbahn führte.

Marie folgte ihm und zog ihren neuen Schlitten hinter sich her. Sie merkte sein Gewicht kaum. Mühelos glitt er über den Schnee, selbst als es langsam aufwärtsging. Das lag bestimmt an den tollen Flachschienen. Ihr Vater hatte ihr von den hervorragenden Laufeigenschaften des Schlittens vorgeschwärmt und von der Sitzdecke aus reißfestem, blauem Kunststoffsegeltuch, das sogar höhenverstellbar war.

Noch war der Weg so breit, dass sie nebeneinander gehen konnten. Erst jetzt merkte Marie, wie kalt es heute wirklich war. Beim Ausatmen quollen weiße Wölkchen aus ihrem Mund, und ihre Finger wurden trotz der wattierten Fäustlinge nicht richtig warm. Kein Wunder, dass Holger und sie hier die Einzigen weit und breit waren. Die meisten Pärchen verbrachten den Valentinstag wahrscheinlich lieber in einem warmen, gemütlichen Café.
Holger sah Marie von der Seite an und räusperte sich: »Wie geht's dir denn so? Was macht die Schule?«
Marie biss sich auf die Lippen. Eine solche Frage hätte auch Kims Mutter stellen können. War es schon so weit? Hatten sie sich mittlerweile gar nichts mehr zu sagen?
»Alles paletti«, sagte sie kurz angebunden. »Und bei dir? Wie war eigentlich die Matheklausur? Du hast gar nichts davon erzählt.«
Holger seufzte. »Ganz schlechtes Thema. Ich will uns lieber nicht den Tag verderben.«
»Verstehe.« Marie suchte nach einem neuen, unverfänglichen Gesprächsstoff, aber ihr fiel nichts ein.
Auch Holger blieb stumm. Das Schweigen dehnte sich aus. Je länger es dauerte, umso mehr kam es Marie wie eine unüberwindliche Gletscherspalte vor.
Zum Glück wurde der Aufstieg jetzt sehr steil. Trotz ihres leichten Schlittens kam Marie bald aus der Puste. Selbst Holgers Atem ging schneller, obwohl er ziemlich durchtrainiert und eindeutig der Sportlichere von ihnen beiden war. Unter normalen Umständen hätte Marie bestimmt über die schweißtreibende Angelegenheit gestöhnt, aber heute war sie

ihr nur recht. So musste sie wenigstens nicht dauernd überlegen, wie sie krampfhaft das Gespräch am Laufen halten sollte.

Ein verliebtes Paar, das der Kälte trotzte und eng umschlungen auf einem Schlitten saß, sauste neben ihnen johlend die Bahn hinunter und winkte ihnen zu. »Schönen Valentinstag!«, brüllte der Junge und zeigte auf die rote Rose an Maries Schlitten.

»Euch auch!«, rief Marie und winkte zurück.

Von Weitem sahen Holger und sie wahrscheinlich tatsächlich wie ein verliebtes Paar aus, das glücklich war, den Valentinstag gemeinsam zu verbringen.

Da drehte sich Holger zu ihr um. Feine Schweißperlen glänzten auf seiner Stirn. »Alles klar bei dir?«, fragte er. »Geht's noch?« Obwohl er zwei Meter entfernt von ihr stand, war es Marie immer noch zu nah.

»Natürlich.« Sie blinzelte gegen die Sonne, die ihr direkt ins Gesicht schien. Da fiel ihr ein, dass sie ja ihre Sonnenbrille dabeihatte. Sie holte sie aus ihrer Anoraktasche und setzte sie auf. Sofort rückte Holger in wohltuende Ferne. Auch seine grünen Augen glitzerten nun zum Glück nicht mehr so stark. Außerdem hatte die Brille den Vorteil, dass sie außen silbern verspiegelt war und Holger sie umgekehrt überhaupt nicht mehr erkennen konnte.

Er hatte sich wieder umgedreht und stapfte weiter. Kurz darauf erreichten sie den Waldrand und kamen zu einer Hügelkuppe. Tief verschneit lag eine flach ansteigende Wiese vor ihnen. Und dann sahen sie auch schon die rote Fahne, die den Anfang der Rodelbahn markierte. Automatisch beschleunigten sie ihre Schritte und stemmten sich dem eisigen Wind entgegen, der ihnen hier oben ins Gesicht blies.

Holger brachte seinen einfachen Holzschlitten in Startposition. »Willst du zuerst fahren?«, fragte er höflich.

Marie schüttelte den Kopf. »Fahr du lieber. Du bist bestimmt schneller.«

»Okay.« Holger setzte sich auf seinen Schlitten. Plötzlich schien er es eilig zu haben, von Marie wegzukommen. Mit energischen Tritten in den Schnee holte er Schwung. Als sein Schlitten in Fahrt kam, stellte er die Füße auf die Kufen und legte sich flach auf den Rücken, um das Tempo zu steigern.

Marie wartete, bis er hinter der Hügelkuppe verschwunden war. Dann setzte sie sich auf ihren Schlitten und ließ sich extra viel Zeit mit dem Verstellen der Sitzhöhe, bis sie endlich hundertprozentig passte. Die paar Minuten ohne Bewegung genügten, dass sie trotz Sonne sofort wieder anfing zu frieren. Die Kälte drang unbarmherzig durch ihre dicke Daunenjacke und weiter bis tief in ihr Herz. Plötzlich fühlte sie sich schrecklich einsam und verlassen. Der Wind trieb Marie die Tränen in die Augen. Erst waren es nur zwei oder drei, doch dann kamen immer mehr. Aber sie konnte doch jetzt nicht weinen und total verheult unten bei Holger ankommen! Schnell wischte sich Marie die Tränen aus dem Gesicht und atmete dreimal tief durch, bis die Kälte in ihre Lungenflügel strömte. Der körperliche Schock war so groß, dass sie endlich losfahren konnte.

Schon auf dem ersten flachen Stück wurde der Schlitten ziemlich schnell. Nach der Kuppe kam er erst richtig in

Fahrt. Jetzt bereute Marie die »hervorragenden Laufeigenschaften der Flachschienen«. Verzweifelt verkantete sie ihre Füße im Schnee, aber es half nicht wirklich. Nahezu ungebremst raste ihr Schlitten die Waldabfahrt hinunter. Maries Haare wehten wie eine Fahne hinter ihr her. Vor ihr wirbelten Eiskristalle auf und hüllten sie in eine Schneewolke, sodass sie kaum erkennen konnte, wie die Bahn verlief. Wie Nadelstiche brannten die hart gefrorenen Schneekristalle auf ihrer Haut. Marie klammerte ihre Hände um die Schlaufen an den vorderen Holmen und versuchte, den Schlitten gerade zu halten. In den Kurven war das alles andere als leicht. Mehrere Male fing der Schlitten an zu schlingern und Marie sah sich schon kopfüber in den Tiefschnee stürzen oder gegen einen Baum knallen. Aber offenbar hatte sie heute gleich mehrere Schutzengel dabei. Wie durch ein Wunder überstand sie auch die letzte Haarnadelkurve und sauste in Schussfahrt ins Ziel.

Als sie abgebremst hatte und aus ihrer Schneewolke wieder auftauchte, pfiff Holger anerkennend durch die Zähne. »Du solltest das profimäßig machen, dann hast du bei den nächsten Olympischen Winterspielen bestimmt gute Chancen.«

Marie nahm ihre Sonnenbrille ab und verzog das Gesicht. Ihr Herz hämmerte gegen die Rippen und ihr ganzer Körper schmerzte von der Anspannung und Kälte. »Danke, kein Bedarf«, japste sie, während sie sich den Schnee von ihrem Anorak klopfte. »Außerdem weißt du doch, dass ich schon andere Zukunftspläne habe.«

Holger nickte. »Stimmt. Du wirst entweder Detektivin oder Schauspielerin.« Auf einmal legte sich ein Schatten auf sein

Gesicht. »Wer weiß, ob du dann überhaupt noch mit mir zusammen sein willst, wenn du erst mal berühmt bist ...«
»So ein Quatsch!«, sagte Marie, aber es klang nicht gerade überzeugend. So weit in die Zukunft wollte sie eigentlich überhaupt nicht planen, beruflich nicht und privat erst recht nicht.
Holger sah sie unsicher an. »Das war nicht gerade romantisch ... äh ... vorhin mit meiner Rose, oder?«
»Wegen der Dornen, meinst du?«, fragte Marie. »Ach, das war doch halb so wild ...«
Holger schüttelte energisch den Kopf. »Nein, ich hab's vermasselt. Warte kurz!« Er lief zu ihrem Schlitten, nestelte die ziemlich mitgenommene Rose vom Holm und warf sich damit vor Marie auf die Knie.
»Nein, nicht!«, protestierte Marie, aber Holger ließ sich nicht von seinem Vorhaben abbringen.
»Liebste Marie!«, flüsterte er. »Ich kann mir nicht so schöne Worte ausdenken wie du. Ich kann dir nur sagen, was ich fühle: Auch wenn wir uns manchmal streiten, bist du das tollste Mädchen, das mir je begegnet ist. Du bist meine Rose!« Er presste die Rose an sein Herz, dann streckte er sie Marie hin und sah sie flehend an.
Marie starrte in seine grünen Augen, doch plötzlich wechselten sie die Farbe und wurden braun. Marie blinzelte. Holgers Bild verschwamm und auf einmal kniete Adrian vor ihr und zwinkerte ihr zu. Eiskristalle glitzerten in seinen braunen Haaren. »Marie«, flüsterte er. »Lola hat mir nie etwas bedeutet. Sie ist nur eine Mitschülerin, eine gute Freundin, mehr nicht. Ich habe mich in dich verliebt, gleich im ersten

Augenblick, als du in mein Leben geschwebt bist wie ein wunderschöner, grüner Geist ...«

»Marie? Was ist los? Marie?«, drang aus weiter Ferne eine Stimme an ihr Ohr.

Verwirrt schlug Marie die Augen auf. Vor ihr kniete Holger, nicht Adrian. Im Bruchteil einer Sekunde hatte die Realität sie wieder eingeholt.

»Alles okay.« Hastig nahm sie Holger die Rose ab. Bei der unsanften Berührung lösten sich gleich drei Blütenblätter auf einmal und segelten zu Boden. Die ganze Rose schien sich aufzulösen und mit ihr Maries Liebe zu Holger.

Marie schluckte. Noch nie hatte sie sich so mies gefühlt. Sie konnte dieses Spiel nicht mehr mitspielen, konnte Holger nicht länger etwas vormachen.

»Bitte steh auf«, sagte sie zu ihm. »Ich muss dir was sagen.«

Holger lockerte seine steif gewordenen Beine und sah sie erwartungsvoll an.

»Ich ... es ist so ...« Marie suchte verzweifelt nach den passenden Worten.

Sie wollte Holger so viel sagen: Wie lieb er immer zu ihr gewesen war, wie aufmerksam. Wie sehr sie ihn mochte, weil er sie immer wieder anrief, auch wenn sie gemein zu ihm gewesen war und sie sich gestritten hatten. Wie sehr sie sich gefreut hatte über seine Rose. Dass sie ihn wirklich gernhatte, sehr gern sogar, aber mehr eben nicht, obwohl es früher anders gewesen war. Dass es ihr ganz furchtbar leidtat, ihn verletzen zu müssen. Dass sie ihm keinen Kummer machen wollte, ausgerechnet heute, am Valentinstag, ihrem ersten Jahrestag, aber dass sie genau das jetzt leider tun müsse ...

Marie sagte nichts von alldem. Sie konnte es einfach nicht. Nur zwei Sätze brachte sie zustande, und die kamen heftiger heraus, als sie beabsichtigt hatte: »Es ist aus, Holger, aus und vorbei! Ich muss mich von dir trennen.«
Marie wartete nicht, bis Holger etwas darauf sagte. Egal wie er reagieren würde, sie würde es nicht ertragen, nicht jetzt. Mit letzter Kraft drehte Marie sich um und rannte zur Bushaltestelle. Und wieder hatten ihre Schutzengel die Hand im Spiel, denn genau in dem Moment kam der Bus an, der zurück in die Stadt fuhr. Zischend ging die rettende Tür auf. Marie schulterte ihren Schlitten und stolperte die Stufen hoch. Sobald sich die Tür hinter ihr schloss, warf sie sich keuchend auf den nächstbesten Sitz und ließ ihren Tränen freien Lauf.

Happy Valentine!

Als Franzi die Eingangshalle des Freizeitbads betrat, stand Benni schon neben der Kasse und winkte ihr zu. Er hielt keine Rose in der Hand, was Franzi einen klitzekleinen Stich versetzte. Sofort begann sie, sich über sich selbst zu ärgern. Was hatte sie denn erwartet? Benni und sie waren schließlich schon lange kein Paar mehr. Trotzdem musste sie sich eingestehen, dass sie ein bisschen enttäuscht war.

»Hallo!« Benni begrüßte sie mit einem freundschaftlichen Kuss auf die Wange. »Ich hab uns schon Eintrittskarten besorgt.«

»Super, vielen Dank.« Franzi stellte ihre Sporttasche ab und schüttelte sich ein paar weiße Flocken aus den roten Haaren. Draußen hatte es wieder angefangen zu schneien. »Prima Idee von dir, ins Freizeitbad zu gehen. Bei dem Wetter wären wir mit unseren Skates bestimmt im Schnee stecken geblieben.«

Neben Benni fiel ein Mädchen ihrem Freund in die Arme. Er überreichte ihr lächelnd eine dunkelrote Rose, woraufhin das Mädchen vor Freude feuchte Augen bekam. Franzi wandte sich schnell ab. Wie peinlich, hier vor allen Leuten in Tränen auszubrechen, und das nur wegen einer lumpigen Rose. Franzi stand nicht auf diesen Kitsch. Ganz im Gegensatz zu Benni, der ein großer Romantiker war. Sie musste wieder an die Rose denken, die er bei Kims Brüdern bestellt hatte. Ob er damit heute ein anderes Mädchen glücklich gemacht hatte? Vielleicht seine neue Flamme? Der Gedanke

war wie ein Schlag in den Magen und Franzi schob ihn schnell beiseite.
»Ich kann's kaum erwarten, die neue Rutsche auszuprobieren«, sagte sie betont fröhlich und warf einen Blick durch die Glasscheibe in die Schwimmhalle. Dort war bereits ein Riesenrummel. »Man soll ein Mordstempo bekommen. Also los, worauf warten wir noch?« Sie schulterte ihre Sporttasche und wollte zum Drehkreuz gehen, das zu den Umkleidekabinen führte, aber Benni schüttelte den Kopf.
»Wozu die Eile? Lass uns doch vorher noch was trinken. Ich lad dich ein.« Er zeigte auf den kleinen Café-Bereich neben der Kasse, wo bereits eine Familie mit zwei kleinen Kindern saß, die sich voller Begeisterung einen riesigen Teller Pommes mit Majo teilten.
Franzi runzelte die Stirn. »Muss das sein? Ich will lieber schnell ins Wasser, bevor es noch voller wird.«
»Ach, komm schon, stell dich nicht so an.« Benni ignorierte Franzis Protest einfach und ließ sich kurzerhand an einem freien Tisch nieder.
Franzi folgte ihm seufzend. »Also gut, wenn du unbedingt willst. Ich nehm eine Cola.«
»Kommt sofort.« Benni stand auf und ging zur Theke. Kurze Zeit später kehrte er mit zwei Flaschen Cola zurück. Franzi ertappte ihn dabei, wie er verstohlen auf die Uhr über der Eingangstür sah.
»Hast du noch jemanden eingeladen?«, fragte sie misstrauisch.
»Ich? Quatsch!« Benni machte ein unschuldiges Gesicht, aber er war ein furchtbar schlechter Lügner. Franzi war sich

sicher, dass er ihr etwas verschwieg. Oh Gott! Hoffentlich wollte er ihr nicht seine neue Freundin vorstellen. Ausgerechnet heute, am Valentinstag. Alles, bloß das nicht! Vor Franzis innerem Auge spazierte eine gut aussehende Blondine in die Eingangshalle und begrüßte Benni mit einem leidenschaftlichen Kuss. Franzi wurde natürlich komplett ignoriert – zumindest so lange, bis sie den Teller mit den vor Mayonnaise und Fett triefenden Pommes vom Nachbartisch nahm und ihn Bennis neuer Flamme ins Gesicht drückte …

Franzi erschrak, als eins der Kinder am Nachbartisch anfing, laut zu heulen, und der Tagtraum verblasste. Sie warf einen Blick zum Eingang – und zuckte zusammen, als tatsächlich zwei bekannte Gestalten hereinspazierten. Allerdings waren sie weder blond noch besonders gut aussehend.

»Ben und Lukas!«, rief Franzi. »Was machen die denn hier?«

»Na endlich«, murmelte Benni erleichtert. »Das wurde aber auch Zeit.«

Ehe sich Franzi über diese seltsame Bemerkung wundern konnte, standen die Zwillinge auch schon vor ihrem Tisch. Ben fischte eine leicht zerdrückte Rose aus seinem Rucksack und überreichte sie Franzi, während Lukas in seiner Schultasche wühlte und eine zerknickte, rote Herzkarte herauszog.

»Einen schönen Valentinstag!«, krähte er und drückte Franzi die Karte in die Hand.

Franzis Herz klopfte wie verrückt, während sie den kurzen Text las. Dann stutzte sie. »Alles Liebe von Klaus-Dieter?« Sie sah die Zwillinge ratlos an. »Wer zum Teufel ist Klaus-Dieter?«

Lukas wurde rot. »Mist, schon wieder die falsche Karte!« Er

riss Franzi das rote Herz aus der Hand und wühlte erneut in seiner Tasche. »Hier ist die richtige!« Triumphierend präsentierte er Franzi ein anderes Herz. Es hatte einen Fettfleck in der Mitte, aber der Text war trotzdem noch gut lesbar:

Für Franzi – die beste Freundin, die ich je hatte
In ewiger Freundschaft,
dein Benni

Jetzt war es Franzi, die plötzlich feuchte Augen bekam. Sie sprang auf und fiel Benni um den Hals. »Vielen, vielen Dank!«, murmelte sie mit belegter Stimme. »Das ist so süß von dir!«

»Hey, was ist denn los?« Benni sah sie besorgt an. »Weinst du etwa?«

»Quatsch, natürlich nicht!« Schnell wischte sich Franzi eine Träne aus dem Augenwinkel und lächelte Benni an. Erst jetzt merkte sie, wie sehr sie der Gedanke, Benni könnte sich in eine andere verliebt haben, belastet hatte. Franzi war so erleichtert, dass sie am liebsten die ganze Welt umarmt hätte.

»Sorry, Leute, aber wir müssen weiter«, verkündete Lukas. »Es gibt noch mehr Paare, die sehnsüchtig auf uns warten.«

»Und nicht zu viel knutschen, okay?« Ben machte laute Kussgeräusche zum Abschied, dann rannten die Zwillinge kichernd nach draußen.

»Was für Chaoten!«, sagte Franzi. »Wahrscheinlich sorgen sie mit ihren vertauschten Valentinskarten heute noch für mehr Überraschungen …«

Benni grinste. »Immerhin haben sie meine Bestellung

wunschgemäß erledigt. Na ja, oder zumindest fast. Wollen wir jetzt schwimmen gehen?«
Franzi nickte und griff nach ihrer Sporttasche. »Immer rein ins Vergnügen. Wer zuerst im Wasser ist!«
Sie legte einen Blitzstart hin und Benni folgte ihr lachend.

Kim nahm all ihren Mut zusammen und klopfte an die Tür zum Arbeitszimmer ihrer Mutter. Sie hatte sich fest vorgenommen, heute gleich nach der Schule mit ihr über Ingo Zürcher zu reden. Die Gelegenheit war günstig. Herr Jülich war noch bei der Arbeit und die Zwillinge düsten in der Stadt herum und spielten Liebesboten. Kim wollte endlich Klarheit – auch wenn sie ihr vermutlich das Herz brechen würde.
»Herein!«, rief Frau Jülich. Ihre Stimme klang wie immer. Wie konnte sie nur völlig normal weiterleben, während sie sich insgeheim mit einem anderen Mann traf und ihre Scheidung vorbereitete?
Kim merkte, wie die Wut in ihr hochstieg. Sie marschierte ins Arbeitszimmer und blieb direkt vor dem Schreibtisch stehen, hinter dem ihre Mutter saß und seelenruhig Diktate korrigierte. »Ich muss mit dir reden, Mama«, verkündete Kim.
»Sofort, Schatz«, murmelte Frau Jülich abwesend, während sie mit rotem Stift einen Fehler nach dem anderen anstrich.
Da klingelte das Telefon. Seufzend legte Frau Jülich den Stift zur Seite und nahm den Hörer ab. »Ja, bitte?« Auf ihrer Stirn erschien eine steile Falte, während sie zuhörte. »Tut mir leid, ich weiß nichts von einem Valentins-Service. Ich glaube, Sie sind falsch verbunden.« Der Anrufer schien ziem-

lich aufgebracht zu sein. Er redete so laut, dass selbst Kim seine Stimme hören konnte. Ihre Mutter hielt den Hörer ein Stück vom Ohr weg. »Ben und Lukas? Ja, das sind meine Söhne … Sie haben was?« Frau Jülich riss erstaunt die Augen auf. »Ja, natürlich. Ich werde es ihnen ausrichten. Auf Wiederhören.« Kopfschüttelnd sah sie Kim an. »Weißt du etwas von einem Valentins-Service? Das war schon der dritte Anruf heute. Angeblich haben Ben und Lukas irgendwelche Karten vertauscht und Rosen an die falsche Adresse geliefert. Ich habe wirklich keine Lust, mich ihretwegen von fremden Leuten zusammenstauchen zu lassen. Wenn die Zwillinge nach Hause kommen, werde ich ein ernstes Wörtchen mit ihnen reden …«

»Hör mal, Mama, wir müssen uns dringend unterhalten«, begann Kim noch einmal, wurde aber wieder vom Telefonklingeln unterbrochen.

Frau Jülich griff stöhnend nach dem Hörer. »Hallo?«, rief sie. »Nein, ich bin nicht für den Valentins-Service verantwortlich … Bitte nicht in diesem Ton, ja? … Das muss ich mir wirklich nicht anhören, Sie Flegel!« Kims Mutter knallte den Hörer auf. Dann überlegte sie es sich anders und legte ihn neben das Telefon. »So, jetzt haben wir hoffentlich Ruhe. Worüber möchtest du mit mir reden, Schatz?«

Kim holte tief Luft. Ihre Hände waren feucht vor Aufregung. Gleich würde sie wissen, was los war. Auf diesen Moment hatte sie so lange gewartet. »Also, es geht um Folgendes …«

In diesem Moment wurde unten die Haustür aufgerissen und Kim hörte die Stimmen der Zwillinge. »Hallo! Wir sind wieder da!«, brüllte Ben quer durchs Haus.

»Hat irgendwer angerufen?«, rief Lukas.
»Na warte, die zwei können was erleben«, murmelte Frau Jülich und stand auf. »Macht es dir was aus, wenn wir uns nachher weiter unterhalten, Kim? Ich muss mich jetzt erst mal um deine Brüder kümmern.« Ohne eine Antwort abzuwarten, verließ Frau Jülich das Arbeitszimmer.
Kim blieb verdutzt zurück. Ihre Mutter zitierte die Zwillinge in die Küche, dann war es wieder still. Kim ging in ihr Zimmer und verpasste ihrer Schultasche einen ärgerlichen Tritt. Herzlichen Glückwunsch! Die große Aussprache war gründlich danebengegangen.
Kim ließ sich auf ihr Sofa fallen und überlegte, wie sie den restlichen Valentinstag am besten hinter sich bringen konnte, ohne ständig an Michi denken zu müssen. Vielleicht sollte sie mal wieder einen spannenden Krimi lesen? Das würde sie bestimmt von ihren trüben Gedanken an Michi und von ihren Familienproblemen ablenken. Auf dem Weg zum Bücherregal blieb Kim überrascht stehen. Erst jetzt bemerkte sie die Vase mit den drei langstieligen Rosen auf ihrem Schreibtisch. Wo kamen die denn her? Zwischen den dunkelroten Blüten steckte ein Briefchen. Mit klopfendem Herzen griff Kim nach dem Umschlag und öffnete ihn. Auf einer kleinen Karte stand in Druckbuchstaben:

Liebste Kim!
Ich denke immerzu an dich.
Du fehlst mir und ich kann es kaum erwarten, dich bald wieder in meine Arme zu schließen.
Tausend Küsse von deinem Schatz

Kim ließ sich mit zitternden Knien auf ihrem Schreibtischstuhl nieder. Sie las den Brief ein zweites und schließlich ein drittes Mal. Vor lauter Glück stiegen ihr Tränen in die Augen. Michi hatte sie nicht vergessen! Er dachte an sie und hatte Sehnsucht nach ihr! Und plötzlich sehnte sie sich auch wahnsinnig nach ihm. Am liebsten wäre sie ihm augenblicklich um den Hals gefallen und hätte sich die tausend Küsse persönlich abgeholt.

Als Kim gerade den Duft der Rosen einsog, klingelte es an der Haustür. Da ihre Mutter offenbar noch damit beschäftigt war, den Zwillingen eine Standpauke zu halten, wischte sich Kim schnell die Tränen aus dem Gesicht und lief nach unten. Sie öffnete die Tür – und riss erstaunt die Augen auf. Hatte sie jetzt etwa schon Halluzinationen?

»Hallo, Kim.« Vor ihr stand Michi und grinste verschmitzt. »Da staunst du, was?«

Kim nickte stumm. Sie konnte immer noch nicht glauben, dass Michi tatsächlich leibhaftig vor ihr stand. »W...w...was machst du denn hier?«, stammelte sie.

»Rolf hat sich den Knöchel verstaucht, darum sind wir früher zurückgekommen«, erzählte Michi. Er strich sich eine Haarsträhne aus dem Gesicht, die ihm sofort wieder in die Stirn fiel. »Ich bin natürlich sofort zu dir gefahren. Hab noch nicht mal mein Gepäck nach Hause gebracht.« Er zeigte auf einen großen Rucksack, der neben ihm auf dem Boden stand. »Jetzt können wir doch noch Valentinstag feiern! Und unseren Jahrestag natürlich.«

Endlich erwachte Kim aus ihrer Erstarrung. Sie schlang die Arme um Michis Hals und flüsterte ihm ins Ohr: »Ich freu mich ja so, dass du da bist! Du weißt gar nicht, wie viel mir das bedeutet.«

Michi drückte sie ganz fest. »Tut mir leid, dass ich so ein Idiot war«, flüsterte er zurück. »Ich hätte gar nicht erst wegfahren sollen. Ich hatte wahnsinnige Sehnsucht nach dir.«

»Ist schon vergeben und vergessen.« Kim lächelte. »Aber eins muss ich dir lassen: Die doppelte Überraschung ist dir wirklich gelungen.«

»Doppelt? Wieso doppelt?«, fragte Michi.

Da kamen die Zwillinge aus der Küche und Kim rückte schnell ein Stück von Michi ab. Aber ihre Brüder marschierten mit gesenkten Köpfen die Treppe hinauf, ohne einen einzigen dummen Spruch zu machen. Scheinbar hatte Frau Jülichs Standpauke Wirkung gezeigt.

»Was hältst du von einem *Kakao Spezial* und einem Stück Schokoladenkuchen im *Café Lomo*?«, schlug Michi vor, nachdem die Zwillinge in ihrem Zimmer verschwunden waren.

»Super!« Kim strahlte Michi an. »Ich muss nur noch mal kurz ins Bad. Warte doch solange in meinem Zimmer, okay?« Sie sprang die Treppe hinauf, während Michi ihr langsamer folgte.

Im Badezimmer fuhr sich Kim schnell mit der Bürste durch die Haare und überpuderte die Tränenspuren. Dann kniff sie sich in die Wangen, damit sie etwas mehr Farbe bekamen, und legte einen Hauch Lipgloss auf. Dabei summte sie fröhlich vor sich hin. Das Leben konnte so wunderbar sein! Eben noch war sie zu Tode betrübt gewesen, und jetzt hüpfte ihr Herz vor lauter Glück wie ein Gummiball. Auch wenn ihr Rolf leidtat – sein verstauchter Knöchel war eindeutig eine Fügung des Schicksals!

Kim warf einen letzten Blick in den Spiegel und nickte zufrieden. Sie war bereit für ein romantisches Valentins-Date mit dem tollsten Jungen der ganzen Stadt: Michi Millbrandt.

Doch als Kim aus dem Badezimmer kam, stürmte Michi mit gesenktem Kopf aus ihrem Zimmer und polterte die Treppe hinunter, ohne sie eines Blickes zu würdigen. Kim blieb verblüfft auf dem Treppenabsatz stehen. »He, wo willst du denn hin?«, rief sie.

Michi war schon an der Haustür. Mit der Hand auf der Klinke drehte er sich um und sah Kim kalt an. »Ich hau ab. Du hast ja offenbar schon etwas anderes vor. Tut mir leid, wenn ich deine Pläne durcheinandergebracht habe.«

»Wovon redest du?« Kim schüttelte verständnislos den Kopf. »Was ist denn plötzlich los?«

»Das weißt du verdammt gut.« Michis Stimme klang wütend und verletzt. »Viel Spaß noch beim Valentinstag!« Damit knallte er die Tür hinter sich zu.

Missverständnisse

»Die Hölle, das sind die anderen.« So lautete der zentrale Satz, den der französische Schriftsteller Jean-Paul Sartre einmal über sein Stück *Geschlossene Gesellschaft* gesagt hatte. An diesen Satz musste Marie die ganze Zeit denken, während sie am Freitag im Schneeregen zur Theaterprobe ging. Über Nacht hatte es angefangen zu tauen und jetzt versanken die Straßen und Gehsteige im Schneematsch.

Marie konnte Sartre nur teilweise recht geben. Einerseits stimmte es: Holger quälte sie Tag und Nacht, obwohl er nicht mal hier war und seit dem Valentinstag Funkstille zwischen ihnen herrschte. Andererseits war der schlimmste Folterknecht sie selbst. Sie hatte ihr Handy abgeschaltet, nachdem Holger dauernd auf ihre Mailbox gequatscht hatte, und litt nun Höllenqualen, weil sie sich eigentlich nichts mehr wünschte, als mit ihm zu reden. Das ging nun schon seit zwei Tagen so! Marie fragte sich, wie sie überhaupt normal zur Schule gehen und sich nichts anmerken lassen konnte. Irgendwie hatte sie es geschafft, sogar ganz alleine. Kim hatte sie nicht mit ihren Problemen belästigen wollen. Die Arme hatte schwer genug zu kämpfen mit ihrem doppelten Kummer. Und Franzi hatte sie zugeredet, sich lieber um Kim zu kümmern, sie käme schon klar.

Marie stöhnte. »Natürlich komme ich klar …«, murmelte sie. Da tippte ihr jemand auf die Schulter. »Führst du immer Selbstgespräche, wenn du alleine bist?«

»Adrian!«, rief Marie. Sie freute sich unglaublich, ihn zu sehen. Es war, als hätte er sie im letzten Moment vor dem lodernden Höllenfeuer gerettet. Doch vor lauter Freude hatte sie seine Frage komplett vergessen. »Entschuldige bitte, was hast du gerade gesagt?«, hakte sie nach.

Adrian winkte ab. »Nicht so wichtig. Lass uns das letzte Stück zusammen gehen, ja? Ich wollte nämlich sowieso mit dir reden. Du warst am Samstagabend so plötzlich verschwunden. Was war denn los?«

Sofort fiel Marie der furchtbare Abend wieder ein: Lola, die sich über sie lustig gemacht hatte. Adrian und Lola, die hemmungslos miteinander geflirtet hatten. Adrian, der vermutlich nur mit ihr gespielt hatte und zweigleisig fuhr …

Mit einem Schlag war ihre Freude dahin. Schnell setzte sie ein gleichgültiges Gesicht auf. Adrian brauchte schließlich nicht zu erfahren, was in ihr vorging. Betont gelangweilt zog sie ihre linke Augenbraue hoch und antwortete: »Nichts war los. Ihr habt euch doch wunderbar amüsiert zu dritt.«

»Es war wegen Lola, stimmt's?«, fragte Adrian.

Obwohl er ins Schwarze getroffen hatte, ging Marie cool weiter, während sie fieberhaft überlegte, wie sie am geschicktesten reagieren sollte. »Na ja …«, fing sie an. »Lola ist nicht gerade mein Fall. Ehrlich gesagt, finde ich sie ziemlich arrogant. Deine Freundin redet nicht gleich mit jedem, der bei euch reinschneit, oder?«

Adrian blieb abrupt stehen und starrte sie an. »Ach so, jetzt kapier ich!«, rief er und lachte plötzlich los.

Marie runzelte die Stirn. »Was verstehst du?«

Adrian grinste. »Ich kann dich beruhigen. Lola ist nicht meine Freundin. Sie ist mit Erik zusammen.«

»Was?« Der ruhige, etwas langweilige Erik und die lebhafte Lola? Marie konnte sich kein ungleicheres Paar vorstellen. Weil Adrian nicht aufhörte zu grinsen, wurde Marie auf einmal unsicher. »Du machst Witze, oder?«, fragte sie.
Adrian schüttelte den Kopf. »Nein! Es ist die Wahrheit. Ich mag Lola, aber als Freundin wäre sie mir viel zu anstrengend.« Er lachte wieder.
Marie spürte, wie sie rot wurde. Schlagartig wurde ihr klar, was Adrian jetzt von ihr denken musste. Er zählte bestimmt eins und eins zusammen und vermutete, dass sie nur deshalb eifersüchtig auf Lola war, weil sie sich in ihn verliebt hatte. Dabei stimmte das doch gar nicht! Na ja, ein bisschen vielleicht schon … aber das war alles so verwirrend. Sie hatte sich doch gerade erst von Holger getrennt!
Schnell ging Marie weiter und versuchte ihre Gefühle wieder unter Kontrolle zu bekommen. »Hör mal … Versteh das jetzt bitte nicht falsch.«
Adrian klimperte verführerisch mit seinen langen Wimpern. »Was verstehe ich denn falsch? Das musst du mir erklären.« Er hatte sichtlich Spaß daran, sie zappeln zu lassen. Flirtete er etwa mit ihr? Oh nein! Wie sollte sie da bloß wieder rauskommen?
Endlich fiel ihr etwas ein. »Ich bin nicht so eine Schauspielzicke, weißt du. Ich wollte nichts Schlechtes über Lola sagen. Ich finde, sie ist eine tolle Schauspielerin. Trotzdem weiß ich, dass wir nie beste Freundinnen werden. Das müssen wir auch gar nicht, ich hab nämlich schon zwei beste Freundinnen: Kim und Franzi. Wir haben einen Detektivclub und sind ziemlich erfolgreich.«

»Echt?«, fragte Adrian. »Das klingt ja spannend. Erzähl doch mal!«
»Gern«, sagte Marie und berichtete, wie die drei !!! zusammengekommen waren und wie viele Fälle sie schon gelöst hatten. Dann kramte sie nach ihrem Geldbeutel und zog eine leicht zerknitterte Karte heraus. »Hier, sieh mal: Das ist unsere Visitenkarte.«

Während Adrian interessiert den Text auf der Karte las, musste Marie in sich hineingrinsen. Sie hatte die gefährliche Flirtfalle geschickt umschifft!

Marie hatte sich so sehr auf die Probe gefreut, auf ein bisschen Ablenkung nach all den Katastrophen, vielleicht sogar auf ein weiteres Lob vom Regisseur. Aber es kam leider alles ganz anders.
»Die Kellner brauche ich heute nicht«, sagte Walter gleich bei der Begrüßung. »Ich möchte heute die fünfte Szene proben, die Stelle, wo Inés erzählt, warum sie in der Hölle ist.«

»Heißt das, wir können gehen?«, fragte Sandra enttäuscht.
Der Regisseur zuckte mit den Schultern. »Wie ihr wollt. Ihr könnt natürlich gerne zusehen, wenn es euch interessiert. Tut mir leid, dass ich euch umsonst herbestellt habe, ich musste kurzfristig den Probenplan ändern.«
Sandra und Theo sahen sich unschlüssig an. Nach einigem Hin und Her entschieden sie sich dann doch zu gehen. Marie wollte lieber bleiben und setzte sich in die erste Reihe des Zuschauerraums. Wenn sie schon nicht selber spielen durfte, wollte sie wenigstens Inés sehen. Sie war neugierig auf die dritte Hauptdarstellerin.
Nicki, die die Inés verkörperte, war das glatte Gegenteil von Lola: Sie hatte kurze hellbraune Haare, war sehr groß, hager und sah fast aus wie ein Junge.
»Wo soll ich anfangen?«, fragte sie.
Walter warf einen Blick in sein Textbuch. »Da, wo du zu Garcin sagst: ›Nein, Sie sind nicht gemein.‹ Hast du das?«
»Ja«, sagte Nicki. Adrian, Lola und Nicki gingen auf ihre Positionen. Lola stellte sich an den rechten vorderen Rand der Bühne, mit dem Rücken zu Adrian und Nicki, die sich direkt gegenüberstanden. Im Zuschauerraum wurde es still.
Inés warf Garcin einen spöttischen Blick zu. »Nein, Sie sind nicht gemein. Das ist etwas anderes.«
»Was denn?«, fragte Garcin neugierig.
Inés winkte ab. »Das sage ich Ihnen später. Ich bin gemein: Das heißt, ich kann nur existieren, wenn die anderen leiden. Eine Fackel. Eine Fackel in den Herzen. Wenn ich ganz allein bin, verlösche ich …«
Den Rest hörte Marie nicht mehr. Plötzlich wurde ihr

schlecht. Sie war genauso wie Inés! Sie war auch eine Fackel, eine Fackel in Holgers Herz! Sie hätte ihn nie so verletzen dürfen, sie hätte ihn nicht stehen lassen dürfen im Schnee und in der grausamen Kälte. Wie hatte sie nur so gemein zu ihm sein können?

Nach der Probe stand Marie wie gerädert auf. Nie hätte sie gedacht, dass dieses Stück ihr so an die Nieren gehen würde. Sie hätte doch lieber gleich gehen sollen, wie Sandra und Theo. Jetzt wollte sie nur noch eins: nach Hause!

Hastig zog sie ihre Daunenjacke an, vermied es, in Adrians Richtung zu sehen, und steuerte zielstrebig auf den Ausgang zu. Als sie die schwere Tür zum Foyer aufmachte, prallte sie mit jemandem zusammen, der gerade hineingehen wollte.

»Entschuldigung!« Marie wollte schnell vorbeischlüpfen, da hörte sie eine vertraute Stimme.

»Warte doch, Marie!« Es war Holger.

Marie wurde blass. Vor lauter Scham wäre sie am liebsten im Boden versunken. »W…was machst du denn hier?«, stammelte sie.

Holger sah sie traurig an. »Ich wollte dich abholen und mit dir reden. Hast du kurz Zeit?«

»Natürlich«, sagte Marie. »Aber lass uns rausgehen vor die Tür, ja?« Sie knöpfte ihre Jacke bis oben zu. Trotzdem wurde ihr eiskalt, noch bevor sie im Freien waren.

Inzwischen hatte es aufgehört zu regnen. Der angetaute Schnee auf den Steinstufen hatte sich in ekligen grauen Matsch verwandelt. Auch der Himmel war jetzt grau in grau. Schweigend stapften Marie und Holger die Treppe hinunter und gingen auf dem Vorplatz hin und her. Marie traute sich

nicht, Holger anzusehen, seine traurigen Augen machten sie total fertig. Aber den ersten Schritt musste sie machen, das war sie ihm schuldig.
»Ich wollte auch mit dir reden«, fing sie stockend an. »Ich war so gemein zu dir. Das tut mir alles wahnsinnig leid. Ich wollte dich nicht verletzen, aber …«
»Schon gut«, unterbrach Holger sie. »Eine Trennung tut immer weh. Du kannst nichts dafür.«
Marie musste schlucken. Wie konnte Holger selbst jetzt noch so verständnisvoll zu ihr sein, nach all dem, was sie ihm angetan hatte?
»Doch, ich kann was dafür!«, protestierte sie. »Ich hätte andere Worte finden müssen. Ich wollte es dir erklären und mich bei dir bedanken für die wunderbare Zeit, die wir hatten, aber … aber ich hab es einfach nicht geschafft!«
Zum ersten Mal lächelte Holger. Marie konnte es nicht sehen, aber sie merkte es an seiner Stimme, die plötzlich viel wärmer klang. »Ja, das hatten wir wirklich, eine wunderbare Zeit! Ich wollte es lange nicht wahrhaben, dass sich etwas verändert hat zwischen uns, dass du mir fremd geworden bist, weil wir uns so selten gesehen haben …«
»Was?«, rief Marie. »Dir ist es genauso gegangen?«
Holger nickte. »Ja. Unsere Fernbeziehung hat mich fertiggemacht. Erst hab ich gelitten wie ein Hund und dann hab ich gemerkt, dass ich nicht mal mehr richtig glücklich sein konnte, wenn wir uns getroffen haben. Ich hab schon seit einer Weile darüber nachgedacht, ob eine Trennung nicht das Beste wäre.« Er blieb stehen und fuhr sich durch die schwarzen Haare.

Die Geste war Marie so vertraut, dass sie Holger am liebsten um den Hals gefallen wäre. Stattdessen scharrte sie mit ihren Stiefeln im Schneematsch und murmelte: »Dann bin ich dir zuvorgekommen? Du wolltest also auch Schluss machen?«

»Ja«, sagte Holger leise. »Lieber ein Ende mit Schrecken als ein Schrecken ohne Ende.«

Marie hatte das Sprichwort schon oft gehört, aber zum ersten Mal verstand sie es wirklich. Zwei Tränen rollten ihr über die Wangen, doch sie merkte es nicht einmal. »Und du bist wirklich nicht sauer auf mich?«, fragte sie.

Holger schüttelte den Kopf. »Nein. Das war ich nur am Anfang, als du einfach so abgerauscht bist, aber jetzt bin ich nicht mehr sauer, nur noch traurig.«

»Ich bin auch traurig«, flüsterte Marie. »Und ausgerechnet am Valentinstag mussten wir uns trennen …«

Wieder sah sie Holger mit der Rose vor ihr im Schnee knien. So traurig und schön das Bild war, etwas verwirrte sie daran. »Aber warum hast du mir dann überhaupt noch die Rose geschenkt, wenn du dich sowieso von mir trennen wolltest?«

Holger seufzte. »Ich wollte einen allerletzten Versuch machen, unsere Beziehung zu retten. Bis zum Schluss hab ich die Hoffnung nicht aufgegeben, obwohl ich wusste, wie gering die Chancen waren. Wie der Versuch ausgegangen ist, weißt du ja …«

»Ja.« Marie vergrub die Hände tief in den Taschen ihrer Jacke. Sie hätte Holger so gerne noch ein letztes Mal berührt, aber sie traute sich nicht.

Da machte Holger einen Schritt auf sie zu. Als Marie den Kopf hob, waren seine grünen Augen ganz nah. Er streckte

die Arme aus und Marie ließ sich wie eine Ertrinkende hineinfallen.
»Ich werde dich nie vergessen«, murmelte sie in sein Haar hinein. »Niemals!«
»Ich dich auch nicht«, flüsterte Holger.
Er drückte sie fest an sich. Nach einer Weile löste sich Marie ein wenig von ihm und sah über seine Schulter hinweg in den neu einsetzenden Regen, der an der Dachrinne des Theaters hinunterlief. Neben der Dachrinne stand jemand. Marie musste blinzeln, bis die verschwommenen Umrisse der Person klar wurden. Dann schlug ihr Herz schneller. Es war Adrian! Marie wusste nicht, wie lange er schon dort stand und sie beobachtete. Auf jeden Fall lange genug, um die falschen Schlüsse zu ziehen. Überraschung und Enttäuschung lagen in seinem Blick. Dann drehte er sich um und ging schnell davon.

Eine glückliche Wendung

Kim lag auf ihrem Bett und stopfte sich den letzten Riegel Nussschokolade in den Mund. Sie knüllte das Schokoladenpapier zusammen und warf es in den Papierkorb. Dort stapelten sich bereits leere Gummibärchentüten, Keksschachteln und Schokoriegel-Verpackungen. Immer wenn Kim nachdenken musste oder wenn es ihr nicht gut ging, steigerte sich ihr Süßigkeitenkonsum erheblich. Diesmal kam beides zusammen. Seit dem verpatzten Valentinstag vor zwei Tagen ging es Kim alles andere als gut *und* sie musste über eine Menge nachdenken. Sie hatte sich nächtelang den Kopf darüber zerbrochen, warum Michi plötzlich abgehauen war, aber ihr war keine plausible Erklärung eingefallen. Wieso schickte er ihr erst Rosen und einen Liebesbrief, überraschte sie mit seinem Besuch und rannte dann einfach weg? Das ergab doch überhaupt keinen Sinn! Kim hatte es dreimal auf seinem Handy probiert, aber er war nicht rangegangen. Sie hatte keine Lust, ihm ständig hinterherzutelefonieren, darum wartete sie jetzt einfach ab und stopfte währenddessen Unmengen an Kalorien in sich hinein. Wenn das so weiterging, würde sie bald nicht mehr in ihre Lieblingsjeans passen …

Als Kim gerade überlegte, ob sie sich noch eine Packung Lakritzschnecken aus der Küche holen sollte, stürmten die Zwillinge in ihr Zimmer.

»Könnt ihr nicht anklopfen?«, schimpfte Kim. Es war immer dasselbe: Ben und Lukas hielten sich nicht mal an die grundlegendsten Höflichkeitsregeln. »Was wollt ihr?«

»Nichts.« Lukas schielte zu dem Rosenstrauß auf Kims Schreibtisch hinüber. »Schöner Strauß übrigens. Da hat Michi sich ganz schön ins Zeug gelegt, was?«
Kim zuckte mit den Schultern. »Schon möglich.«
»Diese langstieligen Rosen sind ja irre teuer«, fügte Ben hinzu. »Hast du eine Ahnung, was so ein Strauß kostet?«
»Interessiert mich nicht«, sagte Kim. »Zieht endlich Leine.«
»Wann kommt Michi denn mal wieder vorbei?«, wollte Lukas wissen.
»Keine Ahnung.« Langsam wurde Kim sauer. Warum mussten die Zwillinge ausgerechnet heute auf ihren Nerven herumtrampeln und lauter blöde Fragen stellen? »Ehrlich gesagt ist mir das auch egal. Wenn ihr's genau wissen wollt: Michi und ich haben uns gestritten. Seid ihr jetzt zufrieden?« Sie wartete auf einen dummen Kommentar, aber der blieb aus. Stattdessen machten die Zwillinge betroffene Gesichter.
»Warum habt ihr euch denn gestritten?«, wollte Ben wissen. »Ging's dabei um den Rosenstrauß?«
»Jetzt reicht's aber!«, rief Kim ärgerlich. »Kümmert euch gefälligst um euren eigenen Kram und lasst mich in Ruhe, okay?«
Die Zwillinge zogen ab wie zwei begossene Pudel, ohne eine einzige freche Bemerkung zu machen. Bevor sich Kim darüber wundern konnte, klingelte es an der Haustür. Kim sprang auf und rannte die Treppe hinunter. Ihr Herz klopfte wie verrückt. Vielleicht war es ja Michi! Bestimmt war er endlich zur Vernunft gekommen und wollte sich bei ihr entschuldigen.
Doch vor der Tür stand eine Frau mit blonder Kurzhaarfri-

sur. Sie hatte sich einen grünen Schal um den Kopf geschlungen und ihre Augen waren hinter einer übergroßen Sonnenbrille verborgen.
»Juliane?«, fragte Kim unsicher. Die Frau nickte und nahm die Sonnenbrille ab. Es war tatsächlich Juliane Evert, die beste Freundin von Frau Jülich. Kim hätte sie fast nicht erkannt. Sie war sehr blass und hatte dunkle Ringe unter den Augen. Sie sah aus, als hätte sie nächtelang nicht geschlafen.
»Ist Brigitte da?«, fragte sie. Ihre Stimme zitterte leicht. »Ich muss sie unbedingt sprechen.«
»Mama ist einkaufen«, sagte Kim. »Aber sie müsste bald zurück sein. Willst du hier auf sie warten?«
Juliane zögerte einen Moment, dann nickte sie. »Gerne.«
Kim führte die Freundin ihrer Mutter ins Wohnzimmer. Als Juliane ihren Mantel auszog und den Schal ablegte, fiel Kim auf, wie dünn sie geworden war. Kim kannte Juliane Evert schon fast ihr ganzes Leben lang. Als kleines Mädchen hatte sie mit ihr im Garten Verstecken gespielt und beim Kaffeetrinken auf ihrem Schoß gesessen. Eigentlich war Juliane ein sehr fröhlicher und unbeschwerter Mensch, ganz anders als Kims Mutter, die meistens beherrscht und eher ernst war. Vielleicht verstanden sich die beiden deswegen so gut.
»Möchtest du was trinken?«, fragte Kim.
Juliane winkte ab. »Nein danke, nicht nötig.« Sie ließ sich aufs Sofa fallen und rieb sich die Schläfen.
»Geht's dir nicht gut?«
»Ist schon in Ordnung.« Juliane seufzte. »Ich hab in letzter Zeit öfter Migräne – schrecklich, sag ich dir, das wünsche ich nicht mal meinem ärgsten Feind.«

»Tut mir leid.« Kim setzte sich auf einen Sessel. »Du siehst auch ziemlich gestresst aus. Vielleicht hast du ja einen verspannten Nacken, davon bekommt man schnell Kopfschmerzen. Alfons sollte dich mal massieren.« Alfons war Julianes Mann. Die beiden waren schon seit Ewigkeiten zusammen. Alfons arbeitete bei einer Bank und war immer unheimlich beschäftigt. Aber wenn er Juliane hin und wieder zum Grillen oder zum Sonntagskaffee bei Jülichs begleitete, war er stets gut gelaunt und erzählte einen Witz nach dem anderen. Kim fand ihn ein bisschen anstrengend, aber ansonsten ganz in Ordnung.

»Ach, Alfons«, murmelte Juliane verächtlich. Plötzlich füllten sich ihre Augen mit Tränen. Sie versuchte, sie zurückzuhalten, schaffte es aber nicht. Eine Träne nach der anderen rollte über ihre Wangen.

Kim schluckte. Sie hatte die Freundin ihrer Mutter noch nie so verzweifelt gesehen. »Was ist denn?«, fragte sie vorsichtig. »Hab ich was Falsches gesagt?«

Juliane zog ein Taschentuch aus der Hosentasche und putzte sich die Nase. Ihre Augen waren gerötet, aber wenigstens weinte sie nicht mehr. »Nein, nein, natürlich nicht.« Sie versuchte, Kim zuzulächeln, doch das Lächeln wirkte ziemlich gequält. »Tut mir leid, dass ich hier einfach so hereinplatze und dir dann auch noch was vorheule. Es ist nur … es ist … Was soll's, früher oder später erfährst du's ja sowieso.« Juliane holte tief Luft. »Alfons und ich werden uns scheiden lassen.«

Kim starrte Juliane überrascht an. Das war so ziemlich das Letzte, womit sie gerechnet hatte. Sie hatte Juliane und

Alfons immer für ein glückliches Paar gehalten. »Aber … aber … warum denn?«, stammelte sie.
Juliane seufzte. »Wir haben uns auseinandergelebt. So einfach ist das.« Sie fuhr sich durch ihre kurzen, blonden Haare. »Und gleichzeitig so kompliziert. Eins sag ich dir, Kim: Wenn ich deine Mutter nicht hätte, wäre ich schon längst verzweifelt. Sie ist eine große Stütze und steht mir mit Rat und Tat zur Seite. Du glaubst ja gar nicht, wie kompliziert so eine Scheidung ist.«
»Tatsächlich?« Kim biss sich auf die Unterlippe. »Ja, Mama scheint sich in letzter Zeit ziemlich für das Thema zu interessieren.«
Juliane nickte. »Es ist echt toll von ihr, dass sie sich meinetwegen so in die Sache eingearbeitet hat. Sie hat sogar einen Scheidungsratgeber besorgt, den wir gemeinsam durchgegangen sind.«
Kim zuckte zusammen. »Den Scheidungsratgeber hat sie für *dich* gekauft?«
»Klar, was dachtest du denn?« Juliane lehnte sich zurück und schlug die Beine übereinander. »Aber das Beste ist, dass sie mir einen erfahrenen Scheidungsanwalt vermittelt hat. Sie hat sich extra mehrmals mit ihm getroffen, um ihn zu überreden, meinen Fall zu übernehmen. Der Kerl ist so gut im Geschäft, dass er eigentlich bis Ende des Jahres keine Termine mehr frei hat. Es ist ein ehemaliger Schulfreund deiner Mutter, ein gewisser …«
»Ingo Zürcher«, murmelte Kim tonlos. Sie konnte kaum glauben, was sie da hörte.
»Du kennst ihn?«, fragte Juliane überrascht.

Kim räusperte sich. »Na ja … äh … nein, eigentlich nicht. Ich hab nur mal mitbekommen, wie Mama mit ihm telefoniert hat.« Sie schüttelte fassungslos den Kopf. »Und sie hat sich tatsächlich nur mit ihm getroffen, um über deine Scheidung zu sprechen?«

Juliane grinste. »Also, wenn du mich fragst, schwärmt deine Mutter schon ein bisschen für diesen Ingo. Sie waren vor ewigen Zeiten mal ein Paar und er scheint ziemlich gut aussehend und charmant zu sein. Ich kann's jedenfalls kaum erwarten, ihn persönlich in Augenschein zu nehmen.« Juliane kicherte. Für einen Augenblick wirkte sie fast so unbeschwert wie früher. »Aber keine Sorge, zwischen den beiden läuft nichts. Deine Mutter liebt deinen Vater, da haben andere Männer keine Chancen. Nicht mal gut aussehende Anwälte.« Sie sah Kim prüfend an. »Du hast dir doch nicht etwa Sorgen deswegen gemacht, oder?«

Kim wurde knallrot. »Quatsch, natürlich nicht!«

In diesem Moment erschien Kims Mutter auf der Türschwelle. Sie trug noch ihren Mantel und brachte einen Schwall kalter Winterluft mit herein. »Juliane!«, rief sie überrascht. »Was machst du denn hier? Alles in Ordnung?«

Juliane nickte. »Es geht schon wieder. Mir ist zu Hause einfach die Decke auf den Kopf gefallen. Ich musste dringend mal raus und mit jemandem reden. Kim hat mich netterweise ein bisschen aufgemuntert.«

»Das freut mich.« Frau Jülich lächelte ihrer Tochter zu. Hinter ihr tauchte Kims Vater auf. Er war mit Tüten und Einkaufstaschen beladen, die er mit einem erleichterten Seufzer auf dem Boden abstellte.

»Hallo allerseits«, begrüßte er Kim und Juliane Evert. »Warum können Frauen eigentlich an keinem Geschäft vorbeigehen, ohne etwas zu kaufen? Das werde ich nie verstehen.«
»Das musst du auch nicht, mein Schatz.« Frau Jülich gab ihm einen Kuss auf die Wange. »Hauptsache, du trägst die Tüten.«
Kim sah sprachlos von ihrer Mutter zu ihrem Vater. Dann platzte sie heraus: »Habt ihr euch wieder vertragen?«
Herr Jülich kratzte sich etwas verlegen am Kinn. »Wieso? Wir hatten doch gar keinen Streit.«
»Und warum hast du dann letzte Woche im Wohnzimmer übernachtet? Und nur das Allernötigste mit Mama geredet?« Kim sprang auf und sah ihre Eltern herausfordernd an. »Ben und Lukas könnt ihr vielleicht etwas vormachen, aber mir nicht. In letzter Zeit streitet ihr euch andauernd. Wenn ihr euch trennen wollt, sagt es lieber gleich!« Plötzlich hatte Kim einen dicken Kloß im Hals. Jetzt bloß nicht heulen!
»Aber Kim! Wie kommst du denn auf so eine Idee?« Frau Jülich sah ehrlich erschüttert aus. »Bloß weil dein Vater und ich hin und wieder eine kleine Meinungsverschiedenheit haben, heißt das noch lange nicht, dass wir uns trennen wollen! Es ist völlig normal, dass man sich in einer Ehe auch mal streitet.«
»Genau.« Herr Jülich legte den Arm um seine Frau. »Hauptsache, man verträgt sich hinterher wieder. So wie deine Mutter und ich heute. Wir haben uns ausgesprochen und jetzt ist alles wieder paletti.«
Kims Mutter schmiegte sich kurz an ihn. »Ach, übrigens«, sagte sie dann zu ihrer Freundin, »ich habe Ingo für heute

Abend zum Essen eingeladen. Dann können wir die Einzelheiten der Scheidung noch mal durchsprechen.«
»Sehr gut.« Juliane lächelte. »Ich bin schon sehr gespannt auf den Herrn Anwalt.«
»Und ich erst.« Herr Jülich verzog das Gesicht. »Nach Brigittes Schilderungen scheint dieser Ingo ja *der* perfekte Mann zu sein. Muss ich heute Abend wirklich dabei sein?«
»Auf jeden Fall!« Frau Jülich setzte ihr strenges Lehrerinnen-Gesicht auf. »Du wirst dich nicht wieder zu deinen Kuckucksuhren verziehen, mein Lieber. Ingo freut sich schon sehr, dich endlich kennenzulernen, nachdem ich ihm so viel von dir erzählt habe.«
»Was hast du ihm denn erzählt?«, fragte Kims Vater misstrauisch.
Seine Frau grinste. »Nur das Beste natürlich. Und keine Angst: An dich kommt Ingo natürlich sowieso nicht heran.«
»Da bin ich aber froh«, murmelte Herr Jülich. Kims Eltern schauten sich verliebt in die Augen. Dann erinnerten sie sich daran, dass sie nicht allein im Wohnzimmer waren.
Frau Jülich wurde rot und räusperte sich. »Übrigens wäre es prima, wenn du morgen Abend noch mal auf die Zwillinge aufpassen könntest, Kim. Papa und ich wollen zum Italiener und hinterher ins Theater. Es wird Zeit, dass wir wieder mehr zu zweit unternehmen.«
Kim nickte. »Klar, kein Problem«, brachte sie hervor. Ihre Stimme zitterte verdächtig.
»Alles in Ordnung mit dir?«, erkundigte sich Frau Jülich besorgt.
Kim sah ihre Eltern an, wie sie Arm in Arm vor ihr standen,

so glücklich und verliebt wie schon lange nicht mehr. Wie hatte sie auch nur eine Sekunde glauben können, dass etwas zwischen ihrer Mutter und diesem Ingo lief? Ihre Mutter hatte keine Affäre, ihre Eltern würden sich nicht scheiden lassen und ihre Familie würde nicht zerstört werden. Kim war so erleichtert, dass sie sich einfach nicht zurückhalten konnte. Sie fiel erst ihrer Mutter und dann ihrem Vater um den Hals.

»Wofür war das denn?«, fragte Herr Jülich überrascht.

Kim zuckte mit den Schultern und lachte. »Ach, einfach nur so!«

Bevor ihre Eltern weitere Fragen stellen konnten, stürmte Kim die Treppe hinauf in ihr Zimmer. Dort griff sie als Erstes nach ihrem Handy. Sie musste Franzi und Marie sofort die tollen Neuigkeiten überbringen. Wer hätte gedacht, dass dieser Fall eine so glückliche Wendung nehmen würde?

Bühne frei für die Liebe!

Da war es wieder, das schreckliche Lampenfieber! Sosehr Marie sich auch einredete, dass sie im Grunde nichts falsch machen konnte, weil sie heute nur als Statistin auftreten würde, es half nichts: Schon Stunden vor der Premiere von *Geschlossene Gesellschaft* war sie das reinste Nervenbündel, und als sie die Garderobe betrat, wurde es noch schlimmer. Zum Glück ging es Sandra, Theo und den anderen Schauspielern ganz genauso. Wie aufgescheuchte Hühner liefen sie hin und her. Fast alle waren schon da, bis auf Walter und Adrian.

Marie suchte sich einen freien Platz und tauschte ihre Alltagsklamotten gegen das Kellner-Kostüm, das mit seinen goldenen Kordeln und Aufschlägen an den Schultern wie eine Fantasieuniform aussah. Dann ließ sie sich von einer Studentin, die die Maske übernommen hatte, ein bisschen Puder und Rouge auftragen und die Haare zu einem strengen Knoten binden. Mehr Styling brauchte sie als Kellnerin nicht.

Als Marie einen prüfenden Blick in den Spiegel warf, fragte Nicki neben ihr: »Wo steckt eigentlich Adrian?«

Adrian! Allein bei seinem Namen flatterten sofort tausend Schmetterlinge in Maries Bauch herum. Dabei hatte sie es sich doch strikt verboten, an ihn zu denken! Seit er sie vor vierzehn Tagen mit Holger gesehen hatte, hatte sie ein paar Mal versucht, ihn anzusprechen, aber er war ihr konsequent ausgewichen. Das konnte nur eins bedeuten: Er wollte nichts mehr von ihr wissen!

Da kam Adrian wie aufs Stichwort in die Garderobe. Er hatte bereits sein Kostüm an, ein schmuddeliges grünes Jackett und eine zerknitterte schwarze Hose. Er war außer Atem vom Laufen und fuhr sich lässig durch die schulterlangen Haare. »Hi, Leute! Bin ich zu spät?«

Lola strahlte ihn an. »Gerade rechtzeitig, um mir mein Kleid zuzumachen! Dieser blöde Reißverschluss klemmt irgendwie.« Völlig selbstverständlich hielt sie Adrian ihren halbnackten Rücken hin.

»Du weißt doch, dass ich zwei linke Hände habe«, sagte Adrian entschuldigend. »Lass das lieber Nicki machen.«

Marie, die schon wieder einen eifersüchtigen Stich gespürt hatte, atmete auf. Dann gab sie sich einen Ruck und ging zu Adrian hinüber. »Ich wollte dir noch viel Glück wünschen. Toi, toi, toi!«

»Danke«, sagte Adrian kurz angebunden. »Dir auch toi, toi, toi!«

Marie wartete darauf, dass er ihr über die Schulter spucken würde. Das war unter Schauspielern so üblich, doch Adrian dachte nicht daran. Stattdessen begann er, umständlich seine Bühnenschuhe zu polieren.

Unschlüssig blieb Marie stehen. »Freust du dich auch schon auf die Premieren-Party?«

»Wieso interessiert dich das?«, fragte Adrian unfreundlich zurück. »Du wirst doch sowieso nicht dort sein.«

»Natürlich gehe ich auf die Party«, sagte Marie. »Wie kommst du denn darauf, dass ich sie mir entgehen lasse?«

Adrians Lippen wurden schmal. »Na ja, du triffst dich doch bestimmt mit deinem Freund, diesem gut aussehenden,

schwarzhaarigen Typen, der dich neulich von der Probe abgeholt hat.«
Marie wusste nicht, ob sie lachen oder weinen sollte. Der Schmerz wegen Holger saß immer noch tief. »Holger ist nicht mein Freund«, sagte sie leise. »Er war es mal, aber das ist vorbei. Wir haben uns getrennt.«
Adrian starrte sie ungläubig an und wollte etwas erwidern, aber in dem Moment kam Walter in die Garderobe und klatschte in die Hände. »Beeilt euch, Leute! Gleich geht es los. Strengt euch an und habt vor allem viel Spaß heute Abend. Toi, toi, toi! Und jetzt alle Schauspieler und Statisten der ersten Szene hinter die Bühne! Macht schon! Los, los, los!«
Sofort brach wieder Hektik aus. Adrian schnappte sich seinen Hut und verschwand. Marie hatte gerade noch Zeit, Sandra und Theo schnell über die Schulter zu spucken, dann musste sie auch los. Gemeinsam mit dem Hauptkellner rannten sie durch das Labyrinth der Theatergänge, bis sie hinter dem Vorhang wieder herauskamen.
Und plötzlich ging alles ganz schnell. Marie hörte das gedämpfte Tuscheln des Publikums, ließ sich vom Regisseur letzte Anweisungen geben, die Kellner stellten sich auf und schon öffnete sich der Vorhang. Ein greller Scheinwerfer strahlte Marie direkt ins Gesicht. Sie atmete tief durch und ging los. Bereits beim ersten Schritt geschah wieder das Wunder: Schlagartig war ihr Lampenfieber weg. Marie vergaß alles um sich herum und war jetzt von Kopf bis Fuß Kellner. Mit teilnahmslosem Gesichtsausdruck betrat sie die Bühne und tat so, als hätte sie das schon tausendmal gemacht,

schließlich konnte sich die Hölle über mangelnden Zulauf nicht beklagen.
»Da sind wir also«, sagte Garcin.
»Da sind wir«, sagte der Hauptkellner.
Und schon waren sie mitten im Stück. Die Dialoge, die Szenenwechsel, die Auftritte und Abgänge, alles lief wie am Schnürchen, als ob ein unsichtbarer Puppenspieler oben auf dem Schnürboden die Fäden zog. Plötzlich gehörten sie alle zusammen, waren eine große Familie: der Regisseur, die Schauspieler und die Statisten. Und Marie durfte dabei sein!
Leider war der Einakter viel zu schnell zu Ende. Der Vorhang fiel und nach zwei, drei Sekunden Stille brauste der Applaus los. Adrian, Lola und Nicki fassten sich an den Händen und verbeugten sich. Begeistert wurden sie vom Publikum empfangen.
»Bravo, bravo!«, kam es von allen Seiten.
Jetzt durfte sich auch Marie zusammen mit dem Hauptkellner, Sandra und Theo verbeugen. Ihre Wangen glühten, als sie an den Bühnenrand trat. Schnell ließ sie ihren Blick über die Köpfe schweifen, und da sah sie Kim und Franzi in der zweiten Reihe, die begeistert jubelten und winkten. Marie lächelte ihnen zu und trat zur Seite ab.
Jetzt waren wieder Adrian, Lola und Nicki an der Reihe. Diesmal schwoll der Applaus zu einem wahren Begeisterungssturm an. Auf dem Höhepunkt des Jubels flog plötzlich eine rote Rose auf die Bühne und landete direkt vor Adrians Füßen. Er hob sie auf und bedankte sich. Dann fiel wieder der Vorhang.
Bevor Marie wusste, wie ihr geschah, kam Adrian auf sie zu.

Über die Blätter der Rose hinweg lächelte er sie an, küsste die Rose und sah Marie dabei tief in die Augen. Der Bühnenboden schwankte unter ihren Füßen. Dann war Adrian ganz nah bei ihr, drückte ihr die Rose in die Hand und hauchte ihr einen Kuss auf die Wange. Jetzt spürte Marie die Bretter der Bühne überhaupt nicht mehr. Sie schwebte im siebten Himmel.

Kim drängelte sich zwischen den Premieren-Gästen zu Marie durch, die gerade aus der Garderobe kam. Franzi war ihr dicht auf den Fersen. Nacheinander fielen sie Marie um den Hals.

»Du warst echt super!«, rief Kim begeistert. »Dieser versteinerte Gesichtsausdruck – einfach klasse! Das hätte ich nie so lange durchgehalten.«

»Du warst wirklich toll«, stimmte Franzi zu. »Eigentlich stehe ich ja nicht so auf Theater, aber heute Abend hab ich mich keine Sekunde gelangweilt.«

»Freut mich.« Marie lächelte ihre Freundinnen an. Sie trug wieder ihre normalen Klamotten und strahlte über das ganze Gesicht. »Mir hat das Spielen auf der Bühne auch total viel Spaß gemacht – das ist einfach genau mein Ding! Moment mal …« Sie griff nach dem Arm eines jungen Mannes, der hinter ihr aus der Garderobe getreten war. »Das ist übrigens Adrian!«, stellte sie ihn vor. »Und das sind Kim und Franzi, meine besten Freundinnen.«

Jetzt erkannte Kim den Hauptdarsteller des Stückes. Er lächelte ihr und Franzi zu. »Freut mich. Marie hat mir schon viel von euch erzählt.«

»Uns hat sie auch schon viel von dir erzählt.« Franzi musterte Adrian von oben bis unten. »Du bist also Maries nervi… äh, ich meine, Maries neuer Nachbar.«
»Genau.« Adrian grinste. »Wollt ihr was trinken?«
»Gerne«, sagte Marie schnell. »Drei Cola bitte.«
»Alles klar.« Adrian verschwand in Richtung Bar, vor der sich bereits eine lange Schlange gebildet hatte. Die Premieren-Party im Foyer des Theaters war in vollem Gange. Aus den Boxen drang leise Jazzmusik und überall standen Leute herum und unterhielten sich angeregt.
»Und?« Marie sah ihre Freundinnen gespannt an. »Wie findet ihr ihn? Ist Adrian nicht toll? So nett und witzig und charmant …«
»Er macht wirklich einen netten Eindruck«, bestätigte Kim.
»Scheint ganz okay zu sein.« Franzi war immer ziemlich kritisch, wenn es um Jungs ging. »Allerdings hat er bisher ja kaum was gesagt.«
»Ihr müsst ihn unbedingt besser kennenlernen«, sagte Marie. »Stellt euch vor, Adrian dachte tatsächlich, ich wäre noch mit Holger zusammen. Darum war er in letzter Zeit so abweisend.«
»Klingt ja fast so, als wäre er eifersüchtig.« Kim lächelte. »Und das bedeutet, dass er mehr für dich empfindet.«
Marie wurde rot. »Meinst du? So was Ähnliches hab ich auch schon gedacht. Vorhin hat er mir eine Rose geschenkt und …«, sie machte eine spannungsgeladene Pause, »er hat mich geküsst!«
»Was?« Franzi riss die Augen auf. »Der geht aber ran!«
»Na ja, es war nur ein Kuss auf die Wange«, gab Marie zu.

»Aber immerhin!«
Kim sah Marie forschend an. »Du hast dich verknallt, oder?«
Marie wurde noch etwas röter. »Ich wollte es erst nicht wahrhaben, aber ich glaube, du hast recht.« Sie lächelte selig. »Ich bin so glücklich wie schon lange nicht mehr!«
Franzi stieß Kim in die Seite. »Sag mal, ist das dahinten nicht Michi?«
Kim zuckte zusammen. »Wo?« Aber da sah sie auch schon, wie Michi auf sie zusteuerte. Kims Herz schlug einen Purzelbaum. Seit über zwei Wochen wartete sie darauf, dass Michi endlich wieder zur Vernunft kam. Oder ihr zumindest erklärte, was los war. Sie hatte ihn noch ein paar Mal angerufen, aber er hatte sich jedes Mal mit irgendwelchen fadenscheinigen Ausreden um ein Treffen gedrückt. Mal hatte er Stress in der Schule, mal musste er arbeiten, mal war er mit Rolf verabredet. Kim war schon fast zu dem Schluss gekommen, dass Michi genug von ihr hatte und sich nur nicht traute, ihr die bittere Wahrheit ins Gesicht zu sagen.
Und jetzt stand er plötzlich vor ihr und lächelte sie verlegen an. »Hallo, Kim! Kann ich mal kurz mit dir sprechen?« Er warf einen schnellen Blick zu Franzi und Marie hinüber. »Wenn's geht, allein.«
Kim schluckte. Wollte Michi etwa Schluss machen? Hier, mitten auf der Party? Am liebsten wäre sie einfach weggelaufen, aber dann riss sie sich zusammen. Es brachte nichts, den Kopf in den Sand zu stecken. Sie wollte wissen, woran sie war, und zwar so schnell wie möglich. Kim straffte die Schultern und zeigte auf eine ruhige Ecke zwischen zwei Säulen. »Lass uns dort rübergehen.« Michi folgte ihr. Etwas abseits

des Trubels blieb Kim stehen. »Was gibt's denn?«, fragte sie so ruhig und gelassen wie möglich. Michi sollte auf keinen Fall merken, wie nervös sie war.

»Also … es geht um Folgendes …« Er fuhr sich mit beiden Händen durch die Haare und seufzte. »Mann, ist das schwer!« Dann sah er Kim fest in die Augen. »Ich wollte mich bei dir entschuldigen.«

»Was?«, fragte Kim überrascht. Ihre Knie fühlten sich an wie gekochte Spaghetti, und sie lehnte sich vorsichtshalber gegen eine der beiden Säulen.

»Ich hab mich wie der letzte Idiot benommen.« Michi machte ein zerknirschtes Gesicht. »Du hast dich bestimmt gefragt, warum ich am Valentinstag einfach so abgehauen bin.«

Kim räusperte sich. Vor Aufregung hatte sie einen dicken Kloß im Hals. »Allerdings.«

Michi holte tief Luft. »Als ich in deinem Zimmer auf dich gewartet habe, hab ich den Rosenstrauß entdeckt. Und die Karte. Sie lag offen auf deinem Schreibtisch, darum hab ich sie gelesen. Ich weiß, das hätte ich nicht tun dürfen.«

»Warum denn nicht?«, fragte Kim verwirrt. »Die Karte war doch von dir.«

Michi schüttelte den Kopf. »Eben nicht.«

»Nicht?« Kim runzelte die Stirn. Jetzt verstand sie gar nichts mehr. »Von wem denn dann?«

»Das hab ich mich auch gefragt. Ich dachte, du hättest einen anderen Verehrer, der dich zu einem Valentins-Date eingeladen hat. Es passte alles zusammen: Du warst so überrascht, als ich plötzlich aufgetaucht bin. Und du schienst dich im ersten Moment gar nicht richtig zu freuen …«

»Ich war total überrumpelt«, verteidigte sich Kim. »Natürlich hab ich mich gefreut!«
Michi nickte langsam. »Das weiß ich jetzt auch. Aber am Valentinstag war ich fest davon überzeugt, dass du einen neuen Freund hast. Ich war stinksauer, weil du mir nichts davon gesagt hast.«
»Kann ich mir vorstellen«, murmelte Kim. »Aber eins verstehe ich immer noch nicht: Von wem waren die Rosen und die Karte, wenn nicht von dir?«
»Von deinen Brüdern«, antwortete Michi. »Ben und Lukas haben die Rosen in dein Zimmer gestellt und die Karte geschrieben.«
»Was?«, rief Kim. Damit hatte sie nicht im Traum gerechnet. »Aber warum denn?«
»Sie haben mitbekommen, dass du sauer auf mich warst, weil ich in den Skiurlaub gefahren bin«, erklärte Michi. »Offenbar wollten sie einmal in ihrem Leben etwas Gutes tun und uns wieder miteinander versöhnen. Darum haben sie dir quasi in meinem Namen die Rosen geschickt. Na ja, dummerweise ist die Sache voll nach hinten losgegangen …«
»Ach, deshalb haben sie mich neulich mit all diesen Fragen gelöchert!« Jetzt wurde Kim einiges klar. Wütend ballte sie die Fäuste. »Na warte, die beiden können was erleben! Sich einfach so in unsere Angelegenheiten zu mischen!« Am liebsten wäre Kim sofort losgestürmt und hätte sich die Zwillinge vorgeknöpft.
»Sei nicht zu hart mit ihnen«, sagte Michi. »Sie haben es diesmal nur gut gemeint. Als sie gemerkt haben, dass ihre Versöhnungsaktion nicht funktioniert hat, hatten sie ein

furchtbar schlechtes Gewissen. Darum sind sie heute zu mir gekommen und haben alles gebeichtet.«
»Wirklich?« Kim nickte anerkennend. »So viel Mut hätte ich den beiden gar nicht zugetraut.«
»Sie haben sich entschuldigt und mir gesagt, wo ich dich finden kann.« Michi machte einen Schritt auf Kim zu. »Meinst du, du kannst mir verzeihen? Ich verspreche auch, dass ich nie, nie wieder an dir zweifeln werde.«
Kim lächelte. Ihr wurde plötzlich ganz warm und sie hatte tausend Schmetterlinge im Bauch. Keine Frage, sie war immer noch genauso verliebt in Michi wie am allerersten Tag.
»Natürlich verzeihe ich dir.« Kim schlang ihre Arme um Michis Hals. »Ich bin so froh, dass endlich wieder alles in Ordnung ist zwischen uns.«
»Und ich erst.« Michi drückte sie an sich. »Ich hab dich so vermisst!« Seine Lippen kamen immer näher. Kim schloss die Augen. Als sich ihre und Michis Lippen berührten, versank die Welt um sie herum und sie nahm nichts anderes mehr wahr – bis auf einmal lauter Applaus an ihr Ohr drang. Kim riss die Augen auf. Neben ihr standen Franzi und Marie und klatschten begeistert.
»Herzlichen Glückwunsch zur Versöhnung!«, rief Marie.
»Das wurde aber auch Zeit.« Franzi warf Michi einen strafenden Blick zu. »Wehe, du lässt Kim noch mal so hängen. Dann kriegst du's mit mir zu tun.«
»Bestimmt nicht«, versicherte Michi, der Kim immer noch fest umschlungen hielt, und gab ihr einen zarten Kuss auf die Nasenspitze.
In diesem Moment ertönten laute Knutschgeräusche, die

Kim sehr bekannt vorkamen. Sie fuhr herum. Tatsächlich! Die Zwillinge schauten hinter einer Säule hervor und grinsten von einem Ohr zum anderen.
»Darf man zur Verlobung gratulieren?«, fragte Ben.
»Verliebt, verlobt, verheiratet!«, rief Lukas und spitzte die Lippen.
»Passt bloß auf, ihr zwei!« Kim warf ihren Brüdern einen drohenden Blick zu. »Noch so eine Aktion und ich rede nie wieder ein Wort mit euch.«
»Oh Gott!« Ben schlug in gespieltem Entsetzen die Hände vors Gesicht. »Das wäre ja schrecklich!«
»Könntest du uns das bitte schriftlich geben?«, fragte Lukas eifrig.
Kim warf Michi einen halb ärgerlichen, halb belustigten Blick zu. Michi prustete los, Kim musste mitlachen und Franzi und Marie stimmten ebenfalls ein.
»Hier kommen die Getränke!«, rief Adrian, der von der Bar zurückgekehrt war. Er verteilte die Gläser. »Worauf trinken wir?«
»Auf das Ende der Hölle!«, sagte Kim spontan.
»Und auf den Himmel der Liebe!«, ergänzte Marie und sah Adrian dabei tief in die Augen.
Franzi verzog erst ein bisschen das Gesicht, doch dann grinste sie. »Na gut, von mir aus. Auf den Himmel der Liebe!«

Drei Detektivinnen im Großstadtdschungel

Mira Sol
Die drei !!! 22: Jagd im Untergrund
144 Seiten
Taschenbuch
ISBN 978-3-551-31848-0

Die drei !!! können ihr Glück kaum fassen:
Sie nehmen an einem Theater-Festival in Berlin teil. Eine Woche Theater, Shoppen, Nachtleben – Hauptstadt-Feeling pur! Doch kaum angekommen, erwartet sie auch schon ihr nächster Fall. Die Bewohner eines alternativen Szeneviertels sollen angeblich von einem skrupellosen Immobilien-Hai aus ihren Häusern vertrieben werden. Doch bei genauerem Hinsehen kommen Kim, Franzi und Marie einem ganz anderen Verbrechen auf die Spur und tauchen ein in die geheime Berliner Unterwelt ...